誰だって誰かのヒーローになれる

ダウン症児子育ち日誌

広岡真生 著

言叢社

表紙絵　鈴木俊輔
カバー・扉絵　広岡歩睦

はじめに

わが家の長男あゆむは、市内の特別支援学校高等部に通う、一六歳の高校一年生だ。近所の絵画教室に通い、週に一度は地域のダンスサークルで汗を流す。最近は東京オリンピックパラリンピック（以下「東京オリパラ」）で障害者スポーツに注目が集まることもあって、様々なイベントの幕間で踊らせてもらうことが増え、バレーボールトップリーグのハーフタイムショーもつとめた。

趣味はユーチューブ鑑賞で、将来の夢はもちろんユーチューバー。中学時代にさんざん親にお願いして、高校入学時にようやくスマホを手に入れたんだけど、一時期は段ボールで自作した「あむフォン」で凌いだこともあった。中学二年の終わりに、初めて自分の部屋がもてて、最近は模様替えにこっている。ファッションにはかなり興味があって、私服にはこだわっているんだけど、朝顔を洗うのを忘れて登校し、先生にたびたび怒られているのはご愛敬かな。かわいい女の子が大好きで、最近ダンスサークルの女子の先輩にプロポーズして、あえなく撃沈した（涙）。

弟は中二、妹は小三で、それぞれ水泳とテニスをしている。ニンテンドースイッチで一緒に遊ぶこともあるけど、普段はよく喧嘩している。とりわけ妹とはすぐに口論になり、どうしても大声がでちゃう。それから父ちゃんが市役所の広報の仕事をしていたとき、市のプロモーションビデオに出演したことがあって、いまでも街中の巨大ビジョンに映るのはちょっぴり自慢だ。

高校卒業したら大学には行ってみたいけど、勉強は苦手。漢字の書き取りは好きだけど計算やお釣りの計算はだめ。でも電子マネーがあれば買い物は一通りできるし、そんなに不便はないかなあ。あ、でも、こないだ少し離れた駅でSuicaのチャージが無くなっていて、父ちゃんに迎えにきてもらったこともあった。あのときは困った。

そのうちに結婚しておくさんと暮らしたくて、子どもも欲しい。住むならやっぱ東京かな。


とまあ、わが家の長男はこんな一六歳のダウン症児だ。彼と過ごしたこの一六年間は、困惑・戸惑いからスタートし、多くの支えをいただき、たくさんの出会いがあった。あらためて振返れば、変化に富み、とても豊かな一六年間だったと思う。

あゆむが一歳になるころから、職場の機関紙に育児日記を書かせてもらってきた。障害児の親としての驚きや喜び、葛藤など、その時々の気持ちを書きしるしてきたが、本書は、その文章がもとになっている。

大学生やタレント、役者に書道家。ダウン症の人が活躍する領域は以前に比べ格段に広がってきたし、まだまだ広がっていくことだろう。そういう時代の変化の中に生きているという実感もあり、将来についても楽しみが多い。あゆむの夢やふだんの生活に寄り添いつつ、ダウン症児・者との将来についても考えてみたい。

もくじ

2章　ふたりの保育園児　55

１章
突入！
赤ちゃんのいる世界

振り返ってみると、生まれてから二歳誕生日までの二年間は「障害」にストレートに向き合った時期であったように思う。

それは「周囲の反応」に向き合い、あゆむの「手術」に向き合い、「子育ての大変さ」に向き合う、そんな覚悟ができた時期でもあった。さらにそれは医療関係者や保育園、職場、友人、近所の方々、そしてもちろん家族の助けを得ることのできた、とても大切な時期でもあった。辛いときにどこからか手がさしのべられ、助け、助けられることで状況は変化していく。世の中捨てたもんじゃないと感じることができた。

生まれたときのこと

平成一六（二〇〇四）年四月、あゆむは予定より一か月早く帝王切開で生まれた。一九一八グラムの低体重児（いわゆる未熟児）で、生まれてすぐ保育器に入れられ、その後一か月を集中治療室で過ごした。予定日より一か月も早く生まれたのは、血流が悪くなり栄養が十分にいきわたらなくなったから。

で、生後一週間で、まず心臓の疾患について先生から話があった。病名は心室中隔欠損。心臓の壁に穴が開いていて、心雑音が聞こえる。穴が小さい場合は、放っておけばふさがることもあり、わりとよくある病気だそうだ。あゆむの場合は直径約一センチの穴で、半年以内に手術が必要とのこと。ある程度は予想していたけれど、心臓とはショックだった。ただ、なんとかしなくちゃ、という気持ちの方が大きかった。さっそく知人に電話をかけまくって、小児の循環器科で信頼できる病院や執刀医を探した。今思うと、このときは妙に張り切っていたのかもしれない。

きつかったのは二番目の告知だ。

集中治療室から出て退院を間近に控えた四月の終わり、「両親そろってお越しください」という担当の先生の言葉に、一抹の不安を感じながら入った部屋で、われわれ夫婦の前におかれたのは二三対の染色体が書かれた一枚の書類だった。

「二一番目の染色体が三本あります。ダウン症です」。単刀直入に述べられたその言葉の後では、先生のどんな説明も頭に入らなかった。

「いわゆる知的障害ってやつ?」「ちゃんと育つのかなぁ…」「はじめての子なのに…」「なんでこの先生淡々としゃべってんだよ」「心臓に病気もあるんだし、いっそのこと…」「何かの間違いでしょ?」「みんなになんて伝えればいいんだ…」などなど、頭の中を様々な思いが駆け巡り、動揺していた。ふと隣を見れば、顔を強張らせ、不安げな妻がいた。

その後、気持ちが立ち直るまで、しばらく時間が必要だった。仕事中に突然、ぶわっとこみあげてきて涙が出てきたりして、落ち着くまでに二週間はかかった。その間何をしていたかというと、とにかくダウン症に関する本を読みまくった。二〇冊は読んだと思う。それともう一つ、知り合いにしゃべりまくった。親しい人には、ほとんど話した。不思議と隠そうとは思わなかった。どうせ分かることだからと、積極的に話した。

結果的にこれがよかった。話すことで気持ちが楽になったのと、思わぬところから励ましの言葉をたくさんもらった。全部は紹介できないけれど、すごく嬉しかったのを二つだけ。

ひとつは役所の同期。「子どもは社会の子だよ。一緒に育てよう」。これには、気持ちが軽くなった。大変かもしれないけれど、助けてくれる人もたくさんいるんだなあ、と思えた。何気なさを装ってかけてくれた言葉で、それも嬉しかった。

もう一つは自分の父親から。「ダウン症の子は、本当にかわいいよ。素直で優しい子が多いよ」。これは、ダウン症をプラスに捉えてかけてもらった、はじめての言葉だった。障害はいいこともあるのか、と少し思えた。何より前向きなのがよかった。

ひとは、言葉によって助けられる。励ましてくれたり、悲しんでくれたり、褒めてくれたり、一緒に悩んでくれたり……。前向きも、後ろ向きも、誰かがそばにいてくれると感じられるだけで、どんなに心強いことか。

そういえば誰かが言っていた。「親は、子に育てられるんだ」って。

心臓の手術

あゆむの健康を語るとき、手術のことは避けて通れない。

生後一週間で、小児科の先生から「心臓に穴が開いている。半年以内に手術が必要」と告げられ、結局、四か月後の八月二九日に手術をすることになる。

病名は心室中隔欠損。左心室（全身にきれいな血液を送り込む部屋）と右心室（全身から戻ってきた汚い血液を肺に送り込む部屋）の間の壁に穴が開き、血液が混ざってしまう病気だ。ダウン症の子に限らずわりとよくある病気で、小さな穴の場合は自然に閉じてしまうことも多いとか。あゆむの場合は穴の直径が一センチ近くあり、パッチを当てて穴をふさぐ必要があった。

まず自分たちが取りかかったのが、情報収集。手当たり次第に友人知人に相談して、おおよそのあたりを付けた。それから病院ランキングも参考にした。

心臓の手術の場合、数がものをいう世界で、成否のカギは何例手術の経験があるかにかかってくる。また、大人の心臓病と、子ども（ほとんどが乳幼児）の心臓病ではかなり性質が異なるため、子どもの手術を年間どのくらいこなしているかが重要になってくる。

そして最後は、自分の目で確かめに行った。実際に病院に足を運び、スタッフの対応から、病棟の様子、入院のシステム等も直接話を聞いた。最終的に決めたのが、府中にある循環器専門のS病院。自分たちにとって、何よりあゆむにとって最良の選択だと判断したからだが、途中で揺れもした。手術に失敗は許されない。

執刀医にとっては何例もあるうちの一つにすぎなくとも、自分たちにとってはたった一人の子ども。どんなに小さなリスクでも、できうる限り排除し、考えられる最高の条件で手術に臨みたいと願った。

で、どんな手術を受けたかというと……、胸を開いて、心臓を止めて、血液を人工心肺に回して、その間に心臓も開いて、そして中隔に開いた穴をパッチ（布のようなもの）で塞ぐ、というもの。書いているだけでくらくらしてくるけれど、それを体重四キロに満たない乳児に施すというのだから、とんでもない話だ。

ちょっとでも手元が狂って、大切な血管を傷つけたらどうする？　人工心肺が止まっちゃって、脳に酸素が行かなくなったらどうする？　院内でウイルスに感染して、それが心臓に回ったらどうする？　輸血した血液がもとで、別の病気になったらどうする？　看護師さんがミスって、点滴を間違えたらどうする？　手術中に地震が来て、停電になったらどうする？　どうする？　どうする？……。

くだらない質問から、めんどくさい質問まで、主治医の先生はよく我慢して付合ってくれたと思う。どんなに質問しても不安が完全に解消されることはないけれど、ただ、これだけ一生懸命に考えてくれて、こんなに良くしてくれる人たちになら、任せてもいいかなと、最後は思えた。

そして手術の日を迎える。

その日はとってもいい天気で、妻の実家から義母、義姉が、自分の方は父親が付き添いに来てくれた。あゆむの手術は朝一番。八時過ぎには眠り薬を飲まされて、お気に入りの羊のぬいぐるみユキちゃんと一緒に、手術室の扉の向こうに消えていった。

それにしても、生まれて半年もたたないあゆむがこんなに大変な経験をしているのに、自分は大したこともしてやれない。せめてそばについていて、寂しさや不安を少しでも和らげてあげたいと思った。朝一番だったけれど、手術の待合室はほかにも付き添いの家族がいて、どの顔も祈るように真剣そのもの。自分たち家族も、少しばかり世間話もしたけれど、結局考えるのはあゆむのこと。考えれば考えるほど、悪い方に思考は向かう。

上手くいくのかなあ。失敗したらどうしよう。

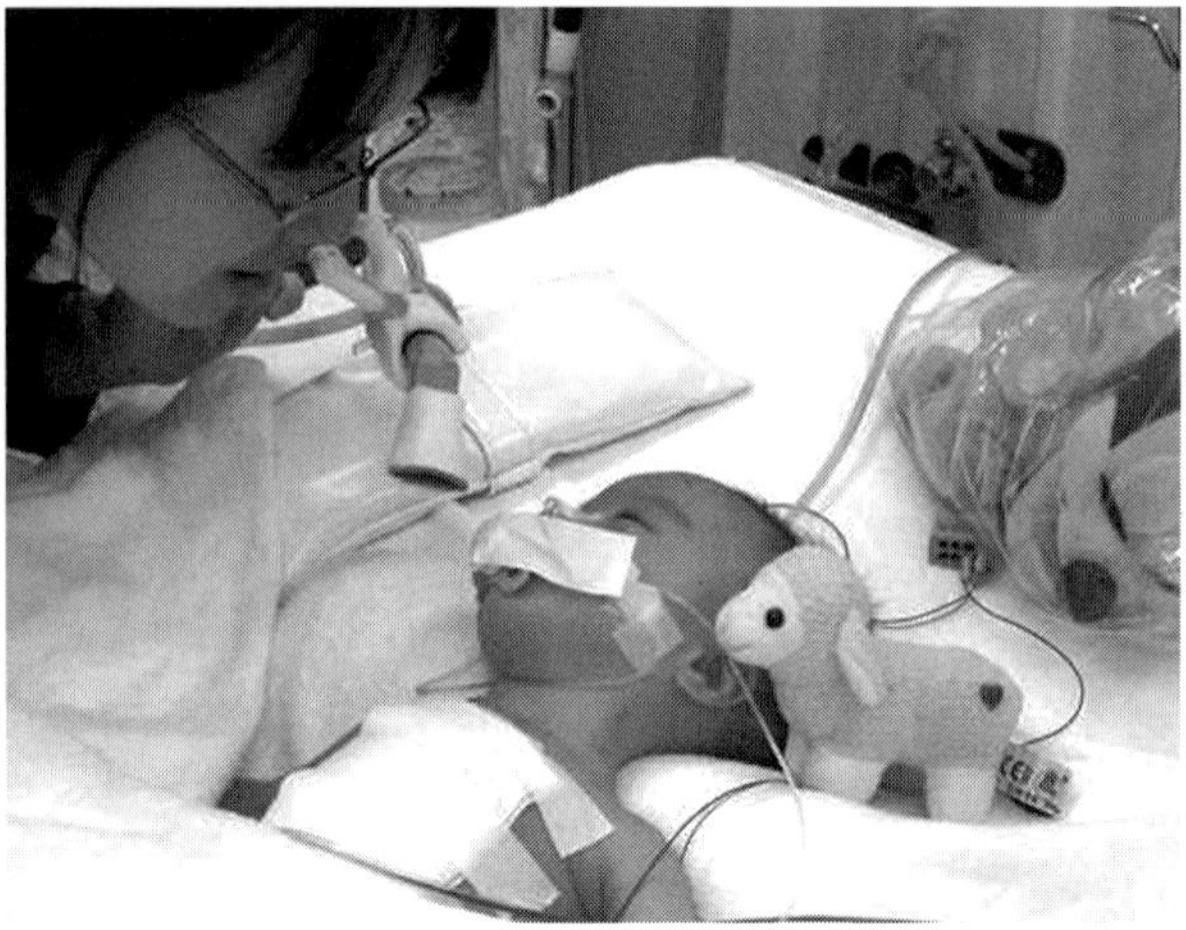

心臓の手術、2004年8月（生後四か月）
羊のユキちゃんという小さなぬいぐるみと一緒に

上手くいかなかったらどうしよう。失敗したらどうしよう。

そうこうしているうちに、あっという間に手術は終わった。「広岡あゆむくんのご家族の方いらっしゃいますか」。若い看護師さんが手術室から出てきた。「では、お父さんとお母さんだけ、手術室にお入りください」。

ベットの上に、あゆむがいた。

全身から管が伸び、口は酸素チューブで塞がれ、手足を固定されて、あゆむがいた。なんて痛ましい……。でも、本当によく頑張ったね。きっといつまでたっても、あゆむの痛ましい姿は、鮮明に甦ってくるのだろう。そう、生後たった四か月しかたたないあゆむが、生きる力を証明して見せてくれた、その事実とともに。

保育園でのハンガーストライキ

翌（二〇〇五）年の四月、あゆむは保育園への入園を果たした。それと同時に、自分のなんちゃって育休（有給休暇を活用しての三勤四休の勤務体制）は終わり、妻ともども週五日のフルタイム勤務が始まった。

そして今日は、はじめてお迎えの日。四月に職場の異動があって、まだ新しい環境になじんでいないにもかかわらず、午後から半休を取った。何しろはじめてのお迎え、妻からいろいろと指示はもらっているものの、気持ちも、体制もしっかり整える必要がある。

入園して最初の一週間は慣らし保育といって、昼過ぎで保育時間が終わる日が続く。今日は入園三日目なので、あゆむのお迎えは午後四時の予定である。午後一時には職場を出て、家に着いたのが午後二時。洗濯物を取り入れて、お風呂の掃除をして、夕飯の支度に取り掛かったところで、電話が鳴った。

「もしもし広岡さんのお宅ですか。保育園なんですが、あゆむくんが、ぜんぜんミルクを飲まなくて……。ほかのお子さんが気になるのかお昼寝もほとんどしていないので、少し早めに迎えにいらしていただけませんか?」「はい、わかりました。すみません、ご迷惑おかけします。三時ごろに伺いますので」

一歳になるかならないかのあゆむを、他人の手にゆだねて両親ともにフルタイムで働くことについては、当然迷いはあった。とりわけ三歳児神話に見るように、幼児期の発育には母親の存在が欠かせないそうで、自分たちの場合も「そんなに急がなくても」といわれたこともあった。

ましてやあゆむは障害児である。妻も自分も、母親は外で働くほうがいい、と以前から考えてはいたものの、あゆむの障害の程度によっては、どちらか一方が側にいてやる必要が生じる場合も想定した。しかし幸か不幸か、手術後の経過はすこぶる順調で、医者から再三注意を受けていた健康管理のほうもうまくいき、無事公立の保育園の入園が決まった。

もちろん、それでもあゆむが小学校に上がるまでは、どちらか片方がいつも一緒にいて発育を見守ってやるという選択もあった。あゆむの体や運動能力、知能の発達にはそのほうが良いのかもしれない。でもそれじゃあ、友達はできない。親がすべてを抱え込むのも大変だ。障害児だからこそ、早いうちから集団の中に入れたほうがいいのではないか。

とまあそんなわけで、あゆむは今週から、まったく知らない大人たちと、ぎゃあぎゃあ泣き喚くばかりの赤ん坊軍団（あゆむもその中の一人なのだが）の中に、突然放り込まれた。そして先ほどの電話によれば、そんなとんでもないことを勝手に決めた両親に対し、ハンガーストライキで抗議の意思表示をしているようなのである。

保育園に着き、ひよこ組の扉を開けると、騒然とした雰囲気の中で、保育士さんの膝にちょこんと収まったあゆむの姿があった。どうやら大泣きした後のようで、ほっぺにうっすら涙の乾いた跡が見える。

抱きかかえると、父親の顔がわかったのか、かすかな笑顔。

「ああ、やっと笑ってくれた。やっぱりパパがいいのねえ」。「どうもすみませんでした、ご迷惑おかけします」。「また明日ね、あむくん。パパにいっぱいミルクもらうんだよ」。

帰り道、ベビーカーに乗せて、最近お気に入りの「いないいないばー」や、「こちょこちょこちょ」でご機嫌を取ると、ようやくいつもの笑顔が出た。まあ、保育園で調子が出ないのも、年齢を考えれば当然のことか。何しろ三一歳の自分が、今まさに新しい職場で、右往左往しているのだから……。

それにしても、家に帰ってきてからあげたミルクの、飲むこと、飲むこと。いつもの一・五倍をぺろりと完飲した。そうか、そうか、そんなにお父さんのミルクはおいしいか。かわいいやつよのー。おお、よしよし。

なんて、いい笑顔なんだ！　ここまで必要とされるんじゃあ……。明日は、仕事を休んじゃおうかしら？

ごみ箱をひっくり返すと、そこはワンダーランド

リビングであゆむと二人で過ごしていたときのこと、気づくとあゆむの姿が見えない。つい

さっきまでカーペットの上で遊んでいたのに……。とそのとき、卓袱台の下から「うぇーん、うえーん（ガン、ガン）」と泣き声がした。

いた、いた、卓袱台の下にあゆむがいた。頭をガンガン卓袱台に打ち付けて、前後に動けない状態で泣いていた。うーん、わが息子ながら、なんてアホな姿。「うぇーん、うえーん（はやくだしてよー）」

かわいそうだけど、しばらく眺めていたい気もするなあ。「うぇーん、うえーん（なにやってんだよー）」

わかった、わかった、うん、すぐ出してやるぞ。そのまえに写真一枚だけ撮らせろな。「ウギャー‼（バカー！　はやく出せー）」

最近また、あゆむの行動範囲が少し広がってきている。今までリビングから出ることはなかったのに、パパを探して廊下に出てみたり、お料理中のママを追いかけてみたり。

四月に入って、コタツ布団を片付けたのも、あゆむの世界を広げるのに一役買った。これまでリビングに鎮座していたコタツ布団が消えたことで、視界が一気に開け、コタツの向こう側にあったテレビの台や、書類の束が目に飛び込んでくるようになったのだ。

そこであゆむが目を付けたのが、ごみ箱。リビングに限らないが、ごみ箱を見つけると突進していって、何とか上辺部のふちに手をかけ、倒す。これが目下のところ、一番のお気に入りの遊びだ。寝室においてあるごみ箱も、朝一番に起きて何とか布団から這いだした後は、突進

ワンダーランド、2005年

していって倒す。あとはあゆむのワンダーランドが展開する。

「ごみ箱＝汚い」という、固定観念があるから、何でこの子はこんなに汚いものが好きなのだろうと、はじめは不思議に思ったものだ。でも、ちょっと考えてみたら、別に汚いものが好きなのではなく、ごみ箱を倒した後の状態が好きなのだ。

ちなみにわが家のごみ箱の内容物は、紙ごみが中心で、あとはビニール袋など。一番多いのはティッシュペーパーかもしれない（季節によりますが……）。

ごみ箱を倒すと、何もないところに、瞬時にして大好きなティッシュや紙、ビニールが散乱した状態が出現する。どうやらこれが楽しくて仕方がないらしい。そういえばティッシュペーパーの箱も大のお気に入りで、ほっとくと際限なくティッシュを引っ張り出している。これなんかも、無から有が出現する不思議さがあるのだろう。何しろいくらでも出てきますからねえ。

とそんなわけで、現在わが家のリビング及び寝室には、ごみ箱が存在せず（押入れなどに隠してある）、ティッシュペーパーの箱もテレビの上など、ちょっと高いところにおいてある。倒したり、引っ張り出したり、何もないところに、大好きなモノたちが出現する不思議さ。あゆむから見た世界は、きっと驚きに満ち溢れているのだろう。大きくなって、話ができるようになったら、どう感じていたのか聞いてみたい気もする。「何にもないところに、ステキなものが現れるのは、どんな気持ちだった？　きっとワクワクしたろうね」。

でもね、あゆむ、世の中で一番不思議なのは、何にもないところに、とびっきりステキなお前が生まれてきてくれたことなんだよ。無から有が生まれる。ホントにすごいことだと思わないかえっ、なに？　パパとママの、二人の愛があったじゃないかって？　失礼しました。ノロケが過ぎたようで……。

妻には負けない！

自分の子ども時代を振り返ると、中学に入って、死について考えることが多くなったように思う。特に理由はない。若いときにはありがちな、命の揺らぎとでもいうのだろう。ふとした瞬間に、絶体絶命の場面を想像して、そのとき自分が何を思っているのか考えた。ビルから落ちていく瞬間も、病気でベッドの上で看取られる瞬間も、凶刃に倒れる瞬間も、必ず最後の言葉は決まっている。「お母さん！」だ。

子どもと母親の関係は特別だ、と言われる。とりわけ自分の場合は小さな頃から体が弱く、喘息の発作で入退院を繰り返していたからなおさらそうだと思う。大学に入学する頃まで、困ったときにはよく母親の顔が思い浮かんだものだ。世に言う、マザコンというやつだ。

で、ここからが少し屈折している。マザコンを自認し、母親に対して絶対的な信頼を置きつつも、現在の自分に与えられている役割は父親である。このまま父親の役割を引き受けていたら、子どもとの強固な信頼関係は築けない。父親であると同時に、母親的な存在でもありたいのだ。母親に子どもを取られてしまうような、そんな父親になりたくなかったのだ。つまり、自分の子どもの最後の言葉は「おとうさん！」であってほしいのだ。

さて、自分の腕の中に赤ん坊がいる。時計の針は夜の九時を回った。いつもならとっくに寝ている時間だ。ところがこの赤ん坊は、父親の顔を見ては、大きな声で泣き喚いている。保育園でたっぷり昼寝をしてきたせいか、それとも虫の居所が悪いのか、全然眠る気配を見せない。かれこれ三〇分も寝かしつける努力を続けているというのに、泣き声はますます大きくなるばかりだ。

ふと目を上げると、妻が側に立って、手を広げている。（こちらへよこせということか？）赤ん坊も妻の顔を、目で追っている。（あっちへ行きたいということか？）ここで渡してしまっては、負けを認めることになるが……。

五分後、妻は勝ち誇ったように、寝室から出てきて言った。「あゆくん、やっぱり、ママがいいんだって」。こんなはずでは……。


ゴールデンウィークは、職場には少々迷惑をかけたけど、しっかり一〇連休を取って、妻の実家に遊びにきた。くる日も、くる日も、あゆむと一緒。朝起きてから夜寝るまで、ミルクを飲ませるのも、夜寝かしつけるのも、できる限り妻には渡さない。

保育園の送り迎えは、通勤時間の都合上、ほとんど妻にまかせっきりになる。勢い、あゆむと一緒に過ごす時間は妻のほうが長くなり、最近、寝かしつけるときの成功率が目に見えて下がってきているのだ（普段の日は、自分と妻が半々で受け持っている）。ゴールデンウィークで取り戻しておかないと、この先が思いやられる。

今日はゴールデンウィーク最終日。努力の甲斐もあって、ここ数日のあゆむは、お父さんと寝ることに何の疑問も持っていない様子。うーん、いい傾向。つい一時間前も、自分が寝かしつけてお昼寝をさせたばかりだ。

「うぇーん、うぇーん」。おっ、あゆむが目を覚ました。そろそろお腹がすいたのかな？　そういえば、泣き声も、よく聞くと「おとーさん、おとーさん」って、呼ばれているような気がしてきたぞ!?

肺炎で三週間の入院

「ポタッ、ポタツ、ポタッ」

針の先からしずくが落ちる。

腕の中にはあゆむがいる。

「ポタッ、ポタッ、ポタッ」

一時間に四〇ミリリットルのスピード。

「ポタッ、ポタッ、ポタッ」

時刻は午前三時。ビニールの袋の中には二〇〇ミリリットル残っているから、この点滴が終わるのは……。朝の八時か。窓の外に、丘の上の浄水場が見える。丘のふもとから自動車が坂を上ってゆく。ひときわヘッドライトが明るく輝く。

「ポタッ、ポタッ、ポタッ」

あゆむはようやく浅い眠りに着いたところだ。肺炎になり、三八度の熱が続いていて、肩で息をしている。本当につらそう。ベッドに寝かすとすぐに目を覚ましてしまいそうで、少し落ち着いていることだし、このままもうしばらく抱いていよう。

「ポタッ、ポタッ、ポタッ」

それにしても、こんなことでこれから先やっていけるのだろうか？ 肺炎が良くなっても、また別の病気にかからないともいえない。こんなに体の弱い子なんだから、保育園は無理なのかなあ……。仕事辞めて、あゆむにしっかり付き合う人生もあるかもなあ。別に仕事では、自分の代わりがいないわけでもなし……。

「ポタッ、ポタッ、ポタッ」

針の先からしずくが落ちる。

一時間に四〇ミリリットルのスピード。

腕の中のあゆむは、穏やかな寝顔。

高熱に咳が続き、ミルクを飲んでもすべてもどしてしまうあゆむは、誰が見ても本当に可哀そうで、痛々しく、この闘病生活でなんと体重を一キロも減らした。もとが七キロからの減だから、あゆむの体にかかった負担は相当のものだっただろう。

午前三時の病室で点滴の針を眺めながら、考えたことは、その時点での正直な気持ちだった。肩で息をしながら、ようやく眠りについた子どもの顔を見ていたら、誰だって、仕事よりも大切なものがあることを確信する。

結局、あゆむの入院生活は、間に数日の退院を挟み、都合三週間におよんだ。入院中は、基本的に妻が病院に泊まりこみ、自分は家と職場と病院の往復をくりかえした。そして何日かは役割を交代して、ときに妻が仕事に出た。

さらに、こんな大変なさなかにもかかわらず、自分自身、風邪で高熱を出しダウンしてしまう始末。両方の親はもちろんのこと、兄弟、従兄弟、伯母、果ては近所のおばさんまで、頼めるところにはすべて頼んで、何とか乗り切った。当然職場、とりわけ妻の職場には大きな迷惑をかけることになった。

そんなこんなを乗り越えて、あゆむは、数日の自宅療養期間を経て保育園に復帰した。妻は三週間のブランクを埋めるべく、休日返上で一四日間連続で出勤し、必死で仕事に打ち込んでいる。自分はというと、なかなか仕事のペースが掴みきれず四苦八苦しているのだが、今回の入院騒ぎで良かったこともあった。

これまで利用していた「部分休業制度」に加え、「育児のための特別休暇」「子どもの看護のための特別休暇」、さらには、健康保険組合から差額ベッド代の半額給付まで受けられることがわかった。これらは自分のことを心配して、職場の人が調べて教えてくれたものだが、その他にも仕事面でのフォローもありがたかった。

それにしても、子どもを抱えた家庭では、どこも似たような経験をしてきているのでしょうか。みなさんの子育てはどんなですか？　やっぱり入院の一つや二つは当たり前に乗り越えてきているのでしょうか。

そうやって丈夫になっていく？のかなあ??　健康って、ほんっと、大事ですね（反省を込めて）。

地上二二センチの世界

時刻は、朝七時。場所は、うちの中で最も落ち着く個室空間。先ほどからの努力のかい空しく、なかなかお通じがこない。

よっしゃ、もうひとふんばり！と、そのとき、扉の下から小さな手がひょっこり出てきた。トイレまで入ってくるとは、うるさいやつ。それにしても扉と床の間に、そんな隙間があったなんて……。

あゆむの視線の高さは、だいたい地上二〇から二五センチで、われわれ大人が過ごしている世界とはかなり違う。

先日も、いつもはあまり使っていない書斎兼物置部屋でゴソゴソやっていたと思ったら、封筒の束を持って廊下に出てきた。どうやら戸棚の一番下の隙間に挟まっていたもののようなのだが、低い視線だからこそ見つかるものもあるのだなあと感心した。

ちなみに最近のお気に入りを並べてみると、コンセントから延びるコード（地上一九センチ）、電話線（同一八センチ）、ビデオデッキとその上においてあるリモコン（同三五センチ）、リビングにある料理の本（同三センチ）、ベランダ（同マイナス一八センチ、一度落ちたことあり）である。彼の世界がだいたい想像できるかと思う。

もうひとつ、あゆむが気になってしょうがない場所が卓袱台だ。リビングにおいてある卓袱

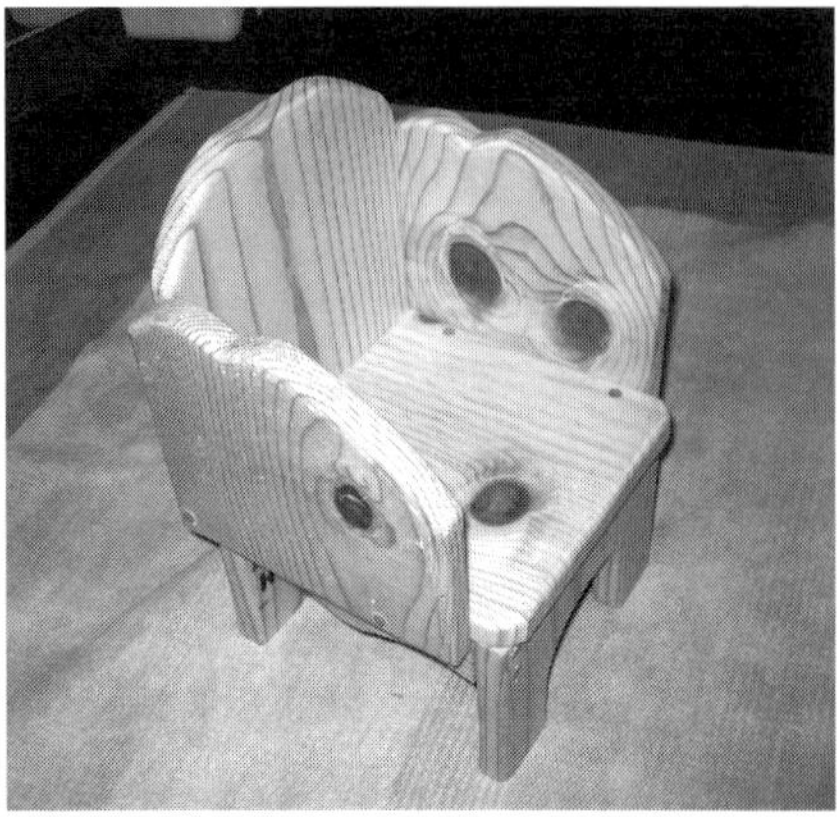

あゆむの椅子

台は高さが三五センチあり、あゆむは全体を見渡すことはできない。彼の視線では、そこに何かが置いてあることは見えていて、それが食べ物をはじめとしたかなり興味深いものであることは知っている。

この間は、ちょっと目を離した隙に卓袱台の上のコップに手を伸ばし、何とかつかんで引き摺り下ろすことに成功した。中にはお茶が入っていて（幸いそれほど熱くはなかった）、あゆむは頭からかぶったのだけど、その得意そうな顔といったらなかった。そんなわけで、わが家の卓袱台では、危ないものはへりから離して置くことにしている。

卓袱台ついでに食事の話。あゆむが食卓に着く際に使っているのが、木で造った子ども用の小さな椅子。これ、療育センターの先生と相談して、なかなか座位が保てないあゆむ用に、知り合いに頼んで造ってもらったものだ。ちょうどお尻がすっぽり収まる幅になっていて、左右にぐらぐら揺れずに座っていられる。これのおかげで食事がずいぶんと楽しくなった。

最近では、右手につかんだバナナを左手に持ち替え、さらに右手に持ち替えなおして、ニギニギしている。かと思うと、つかんだバナナを思いっきり握りつぶし、指と指の間からニュルニュル出てきたものを口に運ぶ。それに飽きると両手を振り回し、そこらじゅうに投げ散らかす。とにかく食事中は片時も落ち着く暇がないのだが、本人はいたってご機嫌である。

両手が自由に使えるのが嬉しくてたまらないようにも、また、いつも下から覗き込んでいる卓袱台を、上から見下ろせて楽しいようにも見える。視線が変わると、世界が変わるわけですね。

と、そんなわけで、自分も廊下に寝ころんでみる。ヒンヤリしていて気持ちいい。ごろん、仰向け、ごろん、うつ伏せ、ちょっと硬いのは難点だけど、夏は冷たくていいかも。

そのままほふく前進してみる。あゆむの様に素早くは動けない。廊下からリビングへ移動。なるほど、こんなふうに見えているのか。たしかに卓袱台の上はよくわからない。ベランダに向かう。途中、ビデオの横を通過。おやスイッチが入れっぱなしだ、消しておこう。窓のところまで来た。鍵が閉まっていて開かない。当然、鍵には手が届かない……。

いつも生活している部屋が、こんなにも違って見えるのは、ある意味で驚き。地上二二センチの世界。この視点からしか見えてこないものがあるんですね。一番よく見えたのは……、やっぱホコリかなあ。もっと頻繁に掃除したほうがよさそうだな。

うんちは汚い？

突然ですが、うんちって汚いと思います？　そりゃあ汚いだろうって？　そう、もちろん汚いですよね、もちろん。

赤ん坊がうんちをどこにするかというと、そう、オムツですよね。で、そのオムツを取り替えるのは、当然親なわけです。わが家では、オムツは紙と布の併用で、お出かけ時や夜など取り替える間隔が長くなる時は紙、それ以外は布オムツで対応しています。

紙おむつの場合は、包んでビニール袋に入れて捨てるんですが、布の場合はちょっと大変です。布ですから使い捨てじゃないでしょ、だから洗うわけです。固形物はトイレに流して、オムツはバケツにつけ置き、その後お風呂場で手洗いします。うんちに直接触れることもあるので、はじめは抵抗もありますが、まあ慣れです。

あゆむの場合は、毎日お通じがあります。この一〇月で一歳半なので、五四〇回。そのうち半分弱は自分がオムツを換えているとして、ざっと二〇〇個のうんちを見ているわけです。うんちは成長します。

生まれたばかりの赤ん坊の使ってどんなだか、ご存知でしょうか？（もしくは覚えていらっしゃるでしょうか？）そう、ほとんど液体で、色も黄色なんですね。それが大きくなるにしたがって、多少の粘り気が見られるようになり、ペースト状になり、軟便になり、そして大人の便に近づいていくわけです。もちろん時々の体調により、色や形、においはさまざまです。病気で入院したときには、お腹に入ったウイルスのせいで酸っぱいにおいのうんちが出ていました。

うんちって、本当に毎日違います。ちょっと体調が崩れると下痢気味になり、離乳食が消化できないと、にんじんがそのままの色で出てきます。うんちによって、体調がわかり、あゆむの体の中も想像できるんです。赤ん坊が、だんだんと食べもののレパートリーが増えていくのは、つまり内臓がさまざまな食物を消化できるようになる過程なわけです。うんちの成長は、イコール体の成長なわけです。

ねっ、そうやって考えると、うんちも一概に「汚い！」とも言えないじゃないですか。

それから鼻水ですが、これははっきり言いますけど、汚くないです。まず、赤ん坊は自分で鼻がかめない。これって、乳飲み子にとってはかなり重大なことです。母乳やミルクを飲む時、赤ちゃんは相当の力で吸い付いているのですが、これが鼻が詰まっているとうまくできない。大人であれば鼻をかめばよいわけですが、赤ん坊はこれができない。で、どうなるかというと、そのまま飲もうとし続けて、息ができなくて、苦しくなって、泣くわけです。

こうならないように、赤ちゃんの鼻水を吸い取ってあげなきゃいけないわけです。どうやるかというと、赤ちゃんの鼻に口をつけて思いっきり吸い込んであげる、ただそれだけです。簡単です。でも、この簡単なことが、初めはちょっと抵抗があって、できないんですよね。

今になって振り返るとなにを躊躇してたのかなって思うのですが。だって、目の前で子どもが苦しんでいるのですから。

とまあそんなわけで、一般に汚いといわれていることも、ときと場合によっちゃあそうでもないなあと思うのです。これまでの思い込みや、自分の中の規範、判断基準が変わっていく、これも子育ての醍醐味かもしれません。

しんどい運動会

去る日曜日は、朝から降り続いた雨が夕方になってようやく上がり、あゆむと妻と三人で、ちょっと遅めの散歩に出た。

南武線をこえて、多摩川までぶらぶら。一日中家でゆっくりしたせいか、それとも少し長めのお昼寝のせいか、あゆむはすこぶる機嫌がいい。ベビーカーに座り、前にある安全バーにつかまって、体を上下に揺らしている。ときおりこちらを振り返って、ニコッとする。三人でこうして歩くのは、しばらくぶりかもしれない。簡単な買い物を済ませて家路に着くと、妻が「コーヒーでも飲んでく?」と誘う。

休日の夕方のコーヒーショップは、思いのほか客がいた。妻に注文を頼んで、あゆむと二人で席に着く。自分は椅子に、あゆむはベビーカーで、向かい合う。そういえば腕が重い。昨日の綱引きが今になって効いてきたようだ。一回戦で負けたのに筋肉痛なんて、かなり運動不足だな。ライオン組のあのお父さんたち、あれ、反則的な強さだよなあ……。

保育園の運動会は、子どもと離れて過ごす時間が多い共働き家族にとって、大切なイベントだ。日ごろ気づかない成長を感じたり、同じ組のお友達との関係が見えたりするし、張り切っている先生方も頼もしい。今年の運動会は、「宝物を捜す冒険」というテーマが設定されていて、ストーリーに合わせた大道具を見るのもまた楽しい。

競技のほうは最近の傾向なのか、徒競走のようにはっきり勝ち負けが決まる種目は少なく、一人ひとりが障害物を越えていくとか、音楽に合わせて踊るとか、みんなが楽しめるものが目に付く。あゆむのいるひよこ組の出し物は、「たまごのお船でぎっちらこ」。子どもと親がペアになって、音楽に合わせて踊るもので、赤ちゃん体操を思い浮かべてもらえばいい。親子のふれあい体操、といったところだ。

年が上になるにつれて鉄棒につかまったり、跳び箱を越えたり、それなりにハードな競技も登場するものの、どの子も上手にこなしていく。両親参加型の種目も多く、子どもたちの表情はそこぬけに明るい。やっぱり体を動かすのって、基本的に楽しいのだ。そんなことを考えながら、ふと不安がよぎった。

来年、再来年、あゆむはああいった競技に参加できるのだろうか？　みんなと一緒に跳び箱を越えられるようになるのだろうか？　どこにも居場所がなくて、つらい思いをしないだろうか？　と。

自分は小学校の六年間を通じて、体育の成績は三か四。逆上がりや二重飛びはできたけど、バスケットやサッカーでゴールを決めた記憶はほとんどない。まあ、そこそこといった感じだった。残念なことに小学校時代は運動ができる奴が、いやもっといえば足の速い奴が、圧倒的にもてた。そんな彼らが最も光り輝くのが、運動会。

クラス対抗リレーは、各組から一〇名の男女が選りすぐられ、クラスの威信をかけて争われた。「リレーの選手」は、足が速いことの代名詞だったし、アンカーといえば、完全にヒーロー扱いだった。

徒競走では、一等は赤いリボンがもらえた。一年中、色があせるまで、そのリボンを帽子につけていた奴の顔を今でも思い出す。当時の赤いリボンは、欲しくても手が届かないステータスだった。

リレーの選手になったことは一度もなく、徒競走では二位すら取ったことがない自分が、では、運動会が嫌いだったかというとそうでもない。足の速い彼らのことを、ときに妬ましく思いながらも、クラス対抗リレーは一生懸命応援した。トラックを疾走する彼らの姿にあこがれていたのは、紛れもない事実で、そしてその活躍はやっぱりドキドキした。

そもそも運動会って、徒競走だけじゃなかった。クラスみんなで練習したソーラン節や、夜遅くまで残って作った大きなパネルに入場門、そして何より、当日両親が見に来てくれることが気恥ずかしくも嬉しかったっけ……。

「コーヒー、どっちがいい?」気が付くと、妻がトレイをテーブルに置くところだった。「ありがと」と、小さいほうを選ぶ。「腕痛いの? 筋肉痛でしょ?」「あたり」自然と話題は運動会に。

「それにしても、あゆむにとっては試練よね」「そうだね。まあ、さっそく社会勉強ということで」「毎年応援に行こうね」「そうだね、みんなで行こう」

あゆむは自分のペースで成長する。きっと同い年の子とは、少しずつ差が開いていくはずだ。そしてそれは大人になっても同じこと。違いは違いとして、差異は差異として、しっかり受け止めよう。しんどいけど、それが大事。そうして、だんだんできることが増えていく。

成長するって、筋肉痛みたいなものかな? 筋トレの翌日は、筋肉痛が残る。でもそれは、より丈夫な筋肉ができるための痛み。誰もが通る道。運動は楽しみながらやるもの。目標がある筋トレは、それなりに充実感がある。仲間と一緒なら、なおさらだ。あゆむにもきっと、いい友達ができるだろう。筋肉痛もまた楽し、だ。

だけど、だけど、三〇過ぎての筋肉痛は、ただの運動不足。だって、綱引きたったの一回だけだもの。月曜日の仕事に響きませんように……。朝起きたら消えていますように……。痛みに弱いパパでした。

幸せなおやつ

正月明けの三連休。ポッコリできたあゆむと二人っきりの時間。

ママは久しぶりの美容院にかこつけて、何やら買い物に行く様子。年末から仕事が忙しくて、ウィークデイはあゆむの世話をほとんどお願いしてしまっているだけに、休日は立場が弱い……。

家事は午前中のうちに片付けて、今日はあゆむの大好きなミートソースで、パスタのお昼ご飯にしよう！　作り方は簡単、たまねぎをみじん切りにして、小麦粉と一緒によく炒める。それに塩と、ケチャップ、お水を加えて、はい出来上がり！　普通のパスタは食べにくいから、今日はペンネを茹でてみた。表示時間より少し多めに茹でるのがいいみたい。パパのご飯は、朝の残りのお味噌汁に、豚肉と白菜、筍、えのきだけの炒めもので、こちらも簡単に済ませちゃおう。

大人が食べるとちょっと甘めで、もの足りないけれど、あゆむはこのミートソース（といっても今日は肉抜き）をほんとによく食べる。このレシピは保育園からもらってきた「豆腐のミートグラタン」から少し拝借したもので、こちらは園児の人気メニューとのこと。安心できる食材で、手作りの食事を食べられるなんて、やっぱりありがたいことだと思う。

あゆむの豪快な食べっぷりを眺めていたら（もちろんお世話をしながらですよ）、もっと手作りのものを食べさせたくなった。お菓子でも作ってみようかな。

お昼ご飯を終えて、服を着替えて、和室で追いかけっこをひとしきり。いつもの追いかけっこに、ちょっと変化をつけて、部屋の真中に布団でお山を作ってみる。そのまわりを、あゆむの移動手段にあわせて、二人とも、はいはいでグルグル、グルグル。

ちょっとお尻を見せてゆっくり逃げたり、息を潜めて待ち伏せしたり。最後はお山を崩して、布団の中にかくれんぼ。キャッ、キャッいって、全身運動をしたその後は、ちょっとのだっこであっという間にお昼寝でした。

さてさて、あゆむが眠ったところで、お菓子作りの開始だ。単なるあまーいお菓子じゃつまらないので、この際、あゆむの嫌いなものも混ぜちゃうことにした。そこで、最近とんと口にしなくなった、にんじんを使った蒸しパンに決定。

薄力粉とベーキングパウダーを振るいにかけておいて、卵と砂糖と水に、すりおろしたにんじんを加える。これらをしっかり混ぜ合わせて、サツマイモとりんごの角切りを入れ、型に流し込んで、蒸し器で待つこと四〇分。いい感じに蒸しあがったところで、あゆむもお目覚めだ。で、あゆむは蒸しパンをちゃんと食べたかって？

もちろん。それは、それはたくさん食べたわけで、どのくらい食べたかというと、あんまり

蒸しパン美味しい、2006年1月

食べ過ぎて、夕飯をほとんど食べずに、そのまま寝ちゃったくらいだったのだから(休みの日なので、まあ、それもありかな)。

それにしても、自分が作ったものを、おいしそうに他人が食べてくれるのは嬉しいものだ。ましてやそれがわが子ならば、何事にも勝る幸せな瞬間というもの。子育てに一生懸命になる主婦の気持ちが分かる気もしてくる。これだけ喜んでくれるのならば、ひと手間、ふた手間かけても報われるというもの。だいたい料理なんて、レシピどおりにやればそんなに大きく失敗することはない。時間と、余裕と、ちょっとの慣れさえあればOK。

世のお父さん方、たまには子どものために台所に立つのもいいのです。普段料理をしないお父さんだからこそ、いつものお母さんの味とは違った美味しさがあるはず。なあに、ちょっと失敗するぐらいでちょうどいいんです。それも含めて、味付けのうちですから。

いつもと違う休日の過ごし方、いかがですか?

そして二歳になりました

ここは羽田空港内にあるホテルのレストラン。窓の外では、飛行機の発着が間断なく行われている。店の明かりは程よく抑えられ、サービスも行き届いていてとても快適だ。料理は和洋折衷の創作コース。どれも凝ったものでとっても美味しい。あゆむのための特別料理も用意していただいた。出された炊き込みご飯がよほど口にあったのか、あゆむは見ているほうが心配になるぐらい口に詰め込んでいる。

と、そこへウエイトレスが二人、ロウソクの立ったケーキを運んできた。「二歳のお誕生日おめでとうございます。こちらのケーキは当店でご用意させていただきました。もしよろしければお誕生日の歌を歌わせていただきます」。

そうしてはじまったハッピーバースデイの歌は、パパやママだけでなく、飛行機で駆けつけてくれたおじいちゃんやおばあちゃんも含めた、みんなの合唱になり、最後は周りのお客さんからたくさんの拍手をいただいた。

「二歳のお誕生日、おめでとう」「おめでとう、あゆくん」「おめでとうございます」。いくつものお祝いの言葉が重なっていく。ぐっと込みあげてきて、窓の外の景色がぼんやりにじむ。いまの状況を把握できているとは思えないあゆむにも、自分を取り囲む祝福の雰囲気は伝わっているはずだ。なんだかこっちがお祝いされているような気になってきた。「おめでとう。よく頑張ってきたね。あゆむくん、大きくなったじゃない」って。

あゆむが生まれた時のことを思い出す。

保育器に入ったままで分娩室から出てきたあゆむのこと。

それを、親戚のみんなで取り囲み、まだ触れることのできないあゆむをカメラに収めたこと。

東京や金沢に、出産の報告をしたこと。

友人に電話を掛けまくったこと。

そのとき見た山形の星空のこと。

そして、ダウン症であることを知ったときのこと。

ダウン症の告知を受けたとき、困ったことが二つあった。ひとつは、自らがその事実をどう受け止めるのかということ。もうひとつは、そのことを周囲にどう伝えればよいのかということ。

障害児が生まれたことを話したときの、おおかたの反応は、「大変だね、がんばって」「そうなんだ……（絶句）」「ゆっくり育てればいいよ。愛情をたっぷりそそいであげて」。なかには、こちらの気持ちを思もんばかってか、涙を浮かべるケースもあった。

そしてそのいずれの場合からも、「同情」や「励まし」のにおいをかぎとり、こちらは、かえって傷ついてしまうのが常だった。

周囲の人々にとっても、障害児の誕生がはじめてだったことを考えると、そんな反応も仕方のないことではある。ただ、本来手放しで祝福される新たな命を、「悲しみ」とセットで受け止めなければならないのは、親にとっては辛い作業だ。

子どもを持つことで得られる幸福感は、自分とその子の関係においてだけ生じるわけではない。むしろ他人が、その子や自分にかけてくれる言葉や態度から、幸せを感じることが多いように思う。

「子どもが生まれたんだって、おめでとう」「いよいよ父親の仲間入りだな」「かわいい赤ちゃんねえ。よく寝ているわ」「ずいぶん大きくなったじゃない」「とっても表情が豊かねえ」「パパと一緒だとご機嫌だね」などなど、ふとした言葉を嬉しく思う。

子育ては嬉しかったり楽しかったり、素敵な時間がたくさんある。ただその一方で、大変なこともその何倍もあって、だからこそ、全部ひっくるめて親だけが引き受けるのはちょっと重い。子どもと過ごすキラキラした時間を周囲の人たちと共有することで、子どもを抱えることで感じるストレスは周りの大人とシェアすることで、子育てはまわっていくような気がする。

感情は伝染する。辛かったり悲しかったりの感染力は強力ではあるけれど、嬉しかったり幸せだったりのそれも、負けてはいない。

これから、障害児の親になる新米パパ、ママに、自分ならどんな言葉をかけるだろうか。「おめでとう。その子は、あなたに幸せな時間を運んでくれますよ。大丈夫、心配しなくてもその子のペースで成長します。まずは一緒にお祝いしましょうよ、新しい命の誕生を！」

両足で立てるようになった喜び

五月にマンションを買って、引越しをした。一丁目から二丁目へという、とってもかわいい引越しで、似たような間取りだけれど、ちょっと広くなった。まわりには梨畑が広がり、少し歩けば生田緑地と多摩川があり、春には二ヶ領用水沿いの桜がきれいで、まあ、ようは田舎っぽいこの地が割と気に入ったというわけだ。妻の仕事と、あゆむの保育園と、そして自分の通勤時間のバランスを考えて、しばらくはここで腰を落ち着けようと思っている。しっかし、高い買い物でした……。

ローンの事を考えると話が暗くなるので、今回はソファーの話を。新しい部屋のリビングには、二人がけのソファが鎮座している。家具や調度品にこだわるほうではないので、自分がソファのある生活をしていることを、ときに不思議に感じるのだけれど、これまた割と気に入っている。

もともと購入した部屋が、売れ残り気味のうちの一戸で、モデルルーム的に使われていたと思われるソファが、おまけでついてきた。クッションをはずすとベットになる優れもので、お昼寝にちょうどいい。

あゆむもこのソファがお気に入りの様子で、親が座っていると必ずよじ登ってきて、隣にちょこん。そのうち、ずるずるとお尻が前に滑っていき、背もたれに首だけ寄りかかる形で、キャッ キャッ笑っている。なんだかくたびれた中年親父みたいだけれど、そういえば疲れたときに自分のしているポーズにそっくりだ（なんでも真似するのです）。

そのうち、ソファの横の戸棚の上においてある本を取ろうと、背もたれのクッションをさらに登っていく。さすがに危なっかしいので、つかまえて床に降ろすのだけれど、どうあっても高いところに登りたいようだ。

そういえば、ここ二か月であゆむはいろいろと新しいことができるようになった。思いつくままに挙げてみると……。
・高バイ（ひざをつかないハイハイ）
・つかまり立ち（そのまま横移動も可能）・専用椅子に自分で座る
・鼻をかんだティッシュをゴミ箱に捨てる
・フォークで食物を口に運ぶ（多少の手助けが必要）

・♪大きな栗の木の下で（手遊び）
・♪かいぐりかいぐり、とっとのめ（言葉の意味は不明。保育園で習った手遊び）
・洗濯物をたたむのを手伝う（真似だけ）
・ズボンを履く（片足だけ）
・食事の前に「手を洗うよ」と声をかけると、腕まくり（真似だけ）
・お風呂掃除の手伝い（邪魔なだけ）
・部屋掃除の手伝い（掃除機で遊びたがるので、すっごく邪魔なだけ）

三月の終わりからこの二か月間、保育園の新クラス、新しいお友達に新しい先生、家の引越しと周りの環境が大きく変わったにもかかわらず、あゆむは日々成長を遂げている。体調を崩さず元気に過ごせていることも大きいが、それ以上に、彼自身が新しい環境を楽しんでいるからなのかもしれない。

しかし、ついこの間までハイハイでしか移動できなかったのに、両の足で立つことができた喜びはいかほどのものだろうか。言葉の出ないあゆむではあるけれど、その得意げな表情からは、彼の興奮が伝わってくるようだ。

自分も苦労して回れるようになった逆上がりや、何度も転びながら乗れるようになった自転車。そのときの誇らしい気持ちを正確に思い出すことはできないけれど、確かに新しい世界の扉を開いた瞬間だった。そんな扉を、短い期間にいくつも開けているのが、今のあゆむなの

立ったー、2008 年 5 月

だとすれば、それを横で見ているのは、やっぱり、とっても面白い。

たとえて言うなら、ちょっと気になる単館上映の映画って感じでしょうか？　話題にはなっているんだけど、ビデオ化されるかは微妙で、今観ておかないとあとで絶対後悔するんだけど、仕事が忙しくて暇もないし……。と、そんなときは、えいやっと残業を切り上げて、映画館に走るっきゃないでしょ？　仕事なんて、明日できることは、明日にまわす。子育ても、映画も、リアルタイムで味わうのが一番です。子どもの成長は、そういつまでも待ってはくれませんって。

ゆっくり成長、じっくり観察、しっかり噛みしめられる、ダウン症児の父親が言うんだから間違いありません。たまには、母親の代わりに保育園に迎えに行くのも悪くありませんよ。お父さん。

新型出生前検診（ＮＩＴＰ）に思う

五年ほど前に新型出生前検診（ＮＩＴＰ）が世に出はじめたとき、どのような態度をとってよいのか戸惑った。妊婦の不安を払拭する技術がまたひとつ増えたことは喜ばしいけれど、この検査の目的が染色体異常を発見すること、すなわちダウン症を標的にしていると聞き、何ともいえない気持ちになった。わが子を含め、ダウン症児者の人生を否定されたように感じたのだ。それ以降、この検査については詳しく調べることも、まともに向き合うこともしてこなかった。

最近になって、「新型出生前診断、異常判明の九六パーセントが中絶 利用拡大」などという記事を目にするようになり、ダウン症児者に関わるものとして、きちんと思いを発信するべきだと考えるようになった。


子どもが障害を持って生まれてくること、つまり自分が障害児の親になることについて、あらかじめイメージを持っている若いカップルは、おそらくほとんどいない。かわいいベビー服を着せる姿は想像できても、その服を着せるまもなく心臓の合併症の治療のため病院を梯子する姿は想定外だろう。よちよち歩きのわが子とキャッチボールのまねごとは想像できても、補装具をはいて歩行器に摑まった息子と訓練を受ける姿は、どこを探しても出てこないはずだ。

ダウン症の発生確率は八〇〇～一〇〇〇例にひとり。約〇・一パーセントの確率を引き当てたことになる。障害の告知はどの家族にとっても突然で、頭の中は真っ白になるし、どう受け止めて良いかわからずにしばらくはなにも手に付かない。それまで信頼して慕っていた医師から、不意に突き放されたように感じることだろう。

かくいう自分だって、ダウン症の告知を受けた翌週の職場で、突然涙が止まらなくなって往生した。なんで、なんで、なんで……。答えなんてないのに、息子が障害を持っているという事実と、どう向き合っていいのか分からなかった。

障害の受容には三つの側面がある。

一つ目は、障害児として生まれてきた（来る）わが子の人生の見通しが持てない不安。二つ目は障害児を育てるに際して、親として担っていかなければならない責任の重さ。そして三つ目が、子育てに対して抱いていた夢や希望を封印していくことのあきらめ感だ。

ひとつずついこう。

障害児の人生の見通しに関しては、日本の社会は大きく変わった。少なくとも一昔前の状況からは考えられないくらい、制度が整ったし、選択の幅も、世の中の受け止め方も変わった。ダウン症について言えば、保育園はもちろん、小中学校・高等学校と、教育の場はしっかり確保されており、放課後デイサービスのように、学校教育以外の民間福祉サービスも充実している。三〇年前までは多くの自治体で見られた「修学猶予」なんていう、ていの良い小学校入学時の門前払いなど、どこの国のことかと不思議に思えるくらいだ。

これは高校卒業後の居場所や就職先についても言えて、川崎市の場合、ほぼすべての生徒に卒業後の行き先が見つかる。もし就職を希望するのであれば、多くの企業が障害者枠で雇用を作り出し、また、その枠にはいるべく「就労支援事業所」が様々な就労支援サービスを展開している。国が設定する障害者の法廷雇用率の力は大きく、「障害者」という特別枠で働く選択肢は拡大の一途である。

これらに加え、二〇歳になれば、障害基礎年金（月六～八万円）の支給があり、親元を離れて独り立ちすることも十分可能である。

どんなに頑張っても親の寿命の方が先につきるのだから、早い段階から地域の福祉サービスを組み合わせひとり暮らしを始めるべきだろう。もちろん福祉の制度や支援者の手助けを得ながらだが、自分のお金でしたいことをする、お給料日にちょこっとした自分へのご褒美を買う、そんな生活が、今や彼らの当たり前の人生だ。

さて二つ目の、親としての責任はどうだろう。

ダウン症の場合、心臓をはじめ、いくつかの合併症をもって生まれることが多い。中耳炎、難聴、斜視、白内障、消化器疾患などさまざまあるが、もっとも多いのが先天性の心疾患である。これらの合併症にはそれぞれに対処法があって、重いものになると難しい手術を何度も繰り返すことになる。

加えて、弱い筋力、関節の弛緩などの症状があるため、例えばひとりで歩けるようになるまでに、様々な器具のお世話になるし、特別な訓練を施される場合もある。さらに知的な障害への対応として、「言葉の教室など、特別な教育機関へ通う場合もある。これらを総称して「療育」というのだが、子どもの成長に必要なものである以上、親の責任として当然につきあうことになる。時間もかかるし、お金もかかる。なんにしてもひとつの動作ができるようになるのに、とてつもなく時間がかかるので、とにかく忍耐力が求められる。

ただ裏を返すと、きちんとつきあえば、その子なりのスピードで確実に成長の階段を上っていくので、ゆったり構える体制ができてしまえばそれほど特別なことでもない。一足飛びに成長の階段を上ってくれるより、一段一段踏みしめながらの方が、その瞬間を見逃す心配がなくて良かったとも言える。

療育は特別なことで、健常児にはない時間だけれども、だからこそふつうは出会えない人と出会うし、さまざまな繋がりができる。親が果たすべき責任は、氾濫する情報の中から、自分の子どもにあったものを取捨選択すること。生活の余裕があるに越したことはないけれども、無いなら無いなりに何とかなる。障害児福祉に関しては、それだけ制度的に整ってきているし、制度が届いていないプライベートな領域においても、親同士のネットワークや地域団体、ＮＰＯ等のインフォーマルなサービスが増えてきているのである。

三つ目の、子どもに対する夢や希望はどうだろう。子育てをする上で、子どもに対する期待を持たない親はいない。こうあって欲しい、あんなふうになって貰いたい、こんなスポーツをさせたい、音楽や芸術に触れさせたい、こんな学校に行かせたい、将来はこんな仕事について欲しい。子どもの好き嫌いや得手不得手はお構いなく、ときに親側の意向が優先される。親自身の人生で大切に思っていること、好きなことを一緒に体験させたいというケースもあれば、自分の失敗を子どもにだけはさせたくないという場合もあるだろう。

親の思いが、子どもの興味関心と合致すればよいが、その場合だって、「もっと頑張れ、もっとできる」という親の過剰な期待を背負わされれば、子どもの方だって逃げたくもなる。息子とのキャッチボールや自転車の練習など、男親ならちょっぴりあこがれる場面があって、ぜひそんな時間を過ごしたいと思ってきた。しかし現在のところ、親側の希望はあまり叶えられていない。

期待して、あきらめて、いやいやそこまで悲観することないかもと思い直して、期待して、やっぱりあきらめて、いやいやそこまで……、の繰り返しをしてきた。そしてその繰り返しの過程で、ああ「子育ての希望や夢、親の期待」というけれど、これって親のエゴなんだな、と分かってしまった。

ダウン症の子どもたちの成長はゆっくりだ。おむつがはずれるのも、言葉が出るのも他の子の倍以上かかるし、歩けるようになるまで三年もの時間が必要だった。お金を数えるのは未だにとても苦手で、計算は一桁でも満足にできないし、文章の読み書きもかなりあやしい。いろいろと経験させたいと思って始めたスイミングスクールは二年通って結局水に入ることさえ拒否したまま退会し、何とか入れてもらえた地元の少年野球では練習の後半は地面にお絵かきをして過ごした。

ああ、だめなのかな、この子はと思った。

しかし、五年生から細々と始めたダンススクールは、今や彼の生活の大きな部分を占めるようになった。中学で選んだ卓球部は友人や顧問の先生に恵まれたこともあって、三年間きっちり活動をすることができた。中学に入ってからは、あんなに苦手だった球技も、キャッチボールができるまでに上達している。

いつのまに？　どこで練習したの？　はてなマークがいくつも付くのだけれど、結局のところ親が用意したさまざまな機会は、「その時期じゃなかった」ということ。いや「まだその気にならなかった」のかもしれない。いずれにしても親からの刺激だけが成長の糧ではないのだ。

日本ダウン症児協会の会長が「期待を手放すことが子育て」と言っている。

過剰な期待や夢、子育てに対する思いこみから、親自身が一度自由になれということだと思う。子どもとの関係を、一歩引いたところで少し客観的に眺めてみたときに、あらためてわが子の良さが見えてくる。子育ての、いや、子どもと一緒に成長していくことの楽しさに気づく。

障害の受容に関する三つの側面。

どれも大変なことだけれど、それぞれの醍醐味があって、やっぱり障害児の子育てはおもしろいなと思う。腰を据えて向き合えば、いずれもなんとかなってしまうのだから。

だから冒頭の新型出生前検診（ＮＩＰＴ）に戻るけれど、せっかく授かった命だから、納得いくまで情報収集して、二人でちゃんと話し合って決めて欲しい。

医者や専門家が頼りになるのは、病院や福祉施設などの彼らのホームグランドにいる間だけだ。子どもも家族も、退院してからの人生の方が圧倒的に長い。人生の長さという点においては、医療従事者も福祉の専門家も、実は素人なんだと思う。

だって、病院のＮＩＣＵにいる間に、ダウン症児と過ごす人生がこんなに豊かで楽しいものだなんて、誰も教えてくれなかったのだから。

2章
ふたりの保育園児

あゆむとだけ向き合っていればよかった季節は過ぎ去り、あゆと大地、二人分の育児が始まる。体重や身長などの体の成長、つかまり立ちや歩行、発語、そしておむつ外しまで、どれをとっても大地はあゆむに追いつき、追い抜いていった。まるで双子の子育てのような、あわただしくも楽しい日々。子育てを通じて地域の知り合いや、仲間も増え、マンション購入によって、ここ川崎の地で暮らしていく覚悟も決まった。

ここからわが家は、子どもを比べてしまうという、新たな課題に向き合うことになっていく。

息子を比べるという問題

みなさんはオッパイについてどう思いますか？　「そりゃあ、大きいほうがいいでしょう、ないよりは」「俺はどちらかというと小さいほうが好みだなあ」「ボクは胸より先に脚に目が行っちゃうんですよねえ」。いやいや、そうじゃなくって、母乳についての話なんです。

新生児は四六時中お腹をすかせて、三時間おき、下手すると二時間おきに泣いてオッパイを要求してくる。トータルすると眠っている時間は長いのだが、睡眠と覚醒の間隔が短く、感じとしては、寝ているか泣いているか飲んでいるかのどれかだ。

で、困るのが夜だ。一日や二日、細切れに起こされるのは何とかなるけれど、これが毎晩となると大人でも消耗してくる。母乳を飲むにはかなりの吸引力が要求されるから、どうしても一回に飲む量が少なくなり、よってすぐにお腹がすいて目が覚めてしまうのだ。昼は良いけれど、夜はこれでは大変。そこで、夜だけは粉ミルクに切り替えるという選択が考えられる。

しかしそう簡単にいかないのが育児の難しいところ。母乳には免疫をはじめ、乳児の成長に欠かせないさまざまな栄養が含まれているというし、そもそも授乳時のスキンシップそのものが重要だという識者もいる。そんなわけで大地は現在、母乳で命をつないでいる状況で、妻の頑張りには頭が下がる思いである。ただ、頭は下がるのだけれども、毎晩お付き合いするわけにもいかず、夜の寝室は、あゆむと自分の部屋、大地と妻の部屋の二部屋に分かれている。で、男親としてはこの「オッパイ問題」にはなかなか踏み込み切れないのが、はがゆいところだ。確かにオムツを換えたり、風呂に入れたり、ときには寝かしつけてみたりと、世話をすべきことはたくさんある。ただ、哺乳類の親としては、えさを与えてなんぼというところもあって、授乳できないことに一抹の淋しさを覚えるわけである。

時々、妻の目を盗んでミルクを作っては哺乳ビンで与えてみるのだけれども、大地はしかめ面をしてほとんど飲んでくれない。お腹がすいていないからか、吸い口の感触が違っているのか、味や温度に問題があるのか、やっぱりママじゃなきゃイヤなのか、理由は定かではないものの、こだわりもあるのだろう。しばらくはこの状況が続きそうである。

オッパイにこだわりを見せる大地は、一方でとっても図太いところもある。

ベビーバスを使っての入浴は、着替えやバスタオルをはじめとした細かい準備が必要なことに加え、湯上がり時の掛け湯や、手早く服・オムツを着せるため、二人体制が要求される。そこで大地の入浴時間は夜、それもあゆむを寝かしつけたあとになることが多い。

ある日、あゆむを寝かしつけてそのままいっしょに寝てしまい、気づくと夜の一〇時をまわってしまった。急いで大地の風呂の準備をしたが、肝心の大地本人が眠っている。新陳代謝の激しい赤ん坊のこと、一日でも入浴をサボってしまうと、すぐに全身にあせもができてしまう。仕方がないので眠ったまま入浴させることにした。途中で目が覚めるだろう。

ところが服を脱がせ、お尻を洗って、ベビーバスに沈めてもまだ目が開かない。ガーゼで顔を拭き、石鹸をつけて頭を洗い、両手両足に進んでも様子に変化が見えない。表情はやわらかく、とても気持ちよさそうにしているのだけれど、どう見ても眠ったままなのである。結局体を裏返して背中を洗い、掛け湯をしてもらい、バスタオルにくるむところまでそのまま来てしまった（きっと安心しきって、とっても気持ち良かったんだな。眠ったままで風呂に入れられるなんて、入浴の手際が良くなって、技術が向上したってことだろう）と、一人合点していた。ところが、最後にバスタオルをはずしてオムツをあてた瞬間、「ぴゅー」っとおしっこの放水が。やってくれますねー、大ちゃん。

さて、そんな大地を風呂に入れていて思うのは、あゆむとの体格差である。あゆむはお腹こそぽっこり出てはいたものの、手足は細く、肉のつき方も頼りない感じがしたものだ。対する大地は、手首足首に輪ゴムをはめたような肉付きで、蹴りも力強く、背中やお尻もブニョブニョしている。母子手帳なんかに載っている、いわゆる成長曲線（「乳児身体発育曲線」というらしい。生後三か月児の九四パーセントは体重五キロから八キロの間に入るなど、成長の目安を示すグラフ）を見ると、現時点では平均より少し大きめになるようだ。目安になる帯グラフに、一度もかすりもしなかったあゆむとは雲泥の差である。

そんな大地の成長のスピードに驚いたり、嬉しかったり、ほっとしたり、ちょっと圧倒されたりしながら、二人を比べてしまう自分がいる。他人と比較したり、されたりしながら生きていくのは、人間のさがのようなものだけれど、子どもたちには、いつも誰かを気にしながら生きてはほしくない。父親として、それぞれの子どもの良さに気づき、それを伸ばしてやりたいと思うのだけれど、ふと自信がなくなるときもある。

「ダウン症児パパ」としては、そろそろ「新米」も卒業かなと思っているのだが、「二児のパパ」としてはまだまだ学ばなければならないことが多そうだ。あゆくん、大ちゃん、よろしく、である。

成長過程で見えるもの、見えなくなるもの

和室で大地と遊んでいると、台所から妻の声がした。「しばらく替えてないからオムツがパンパンになってると思う、おねがーい」と、同時に紙オムツが飛んできた。ふうー、しょうがないなあ、ゆっくり腰を上げようとしたそのとき、横からサササッとあゆむがハイハイで飛び出してきた。あゆむはオムツを手に取ると大地の脇に座り、服に手を掛けた。どうするんだ？　と見ていると、股のところのボタンをはずし、大地のオムツを替え始めるではないか。えっ、大地君のオムツを替えてくれるの？　なんともほほえましい光景ではないか。それにしても、他人の世話するくらいならば、まずは自分のオムツの心配をしろっ、と思わず突っ込みましたけどね。

皆さんは「ニョニョカキ」をご存知だろうか。「ニョニョ柿」ではなくて、たぶん「にょにょ

描き」。山形弁で「お絵描き」もしくは「落書き」という意味なんだそうだ。この夏の間にあゆむはにょにょ描きの楽しさを覚えた。はじめはボールペンとメモ帳を使って遊んでいたのだが、だんだん飽きたらなくなり、ダイナミックになってきた。

そこでクレヨンセットと画用紙を買い与え、その後模造紙まで進んだ。あゆむはにょにょ描きがお気に入りのようで、脇目も振らず真剣に楽しんでいる。このあゆむのするにょにょ描きを見ていて、いつもは見逃していることに気づかされた。

一つは、クレヨンを塗りつける場所が、模造紙の中に大体納まっていることだ。クレヨンも模造紙もリビングのフローリングに広げているので、別にそれをはみ出して、もしくは意図的に壁や床に塗りたくることもできるのだが、親に監視されていることもあってか、模造紙の範囲を出ることはない。もちろん目を放した隙ににょにょ描きの範囲が家具にまで及んでいることがあり、あくまでも親の目を意識している場合に限られるのかもしれない。

それにしても、「クレヨンとは線を描くもの」「模造紙は自由に描いてよい場所」「そのほかのものは描いてはいけない場所」という、大雑把な理解があゆむの頭の中に出来上がりつつあるようだ。それは、何かをしでかしたときに親から飛んでくる「ダメ！」「やめなさい！」の、怒気を含んだ言葉に対する彼の態度からも推し量れる。

徐々に世の中のルールを学んでいく過程を、あゆむ本人はどんな思いで受け止めているのだろうか。もちろん知る方法はないのだが、そんなことを想像しながら眺めるあゆむのにょにょ描きは、ちょっと味わい深いものがある。

二つ目は、手にしたものをすぐに口に持っていく習慣が見られなくなったこと。めったなことでは物を口に入れなくなった。実はクレヨンを探すときに、口に入れても危険度の低い「蜜蝋クレヨン」を購入したのだが、それほど心配することではなかったようだ。いつごろ口唇期を脱したのだろうか。記憶をたどっても、ここという時期は思いつかない。あんなになんでも口に持っていった時期が、懐かしくすら思えてしまう。

子どもが何かを「できる」ようになったことは、それが全く新しい行動として目の前で展開されるため、親の記憶にも鮮明に残る。仮に自分自身の目でその瞬間を見届けることができなくても、妻や保育園の先生からの伝え聞きによって、情報として入ってくることになる。

一方、何かを「しなく」なった場合は、気づかないことが多い。それは大体において問題行動であることが多く、ふとした瞬間にその問題行動にしばらくお目にかかっていないことに気づき、子どもの成長を改めて確認することになる。そしてその「しなく」なった行動については、時に見逃される場合すらあり、たとえ気づいたとしてもかなりの時間が経過した後になるように思う。

「しなく」なった行動といえばもう一つ、そういえばあゆむは、保育園を休まなくなった。四月から一〇月までの半年間で、体調を崩して欠席をした日は一日、二日という優秀さだ。めったなことでは熱を出さなくなったし、風邪をもらってくることもめっきり減った。ちょうど一年前の同じ時期に三回も入退院を繰り返していたことを考えると、隔世の感がある。

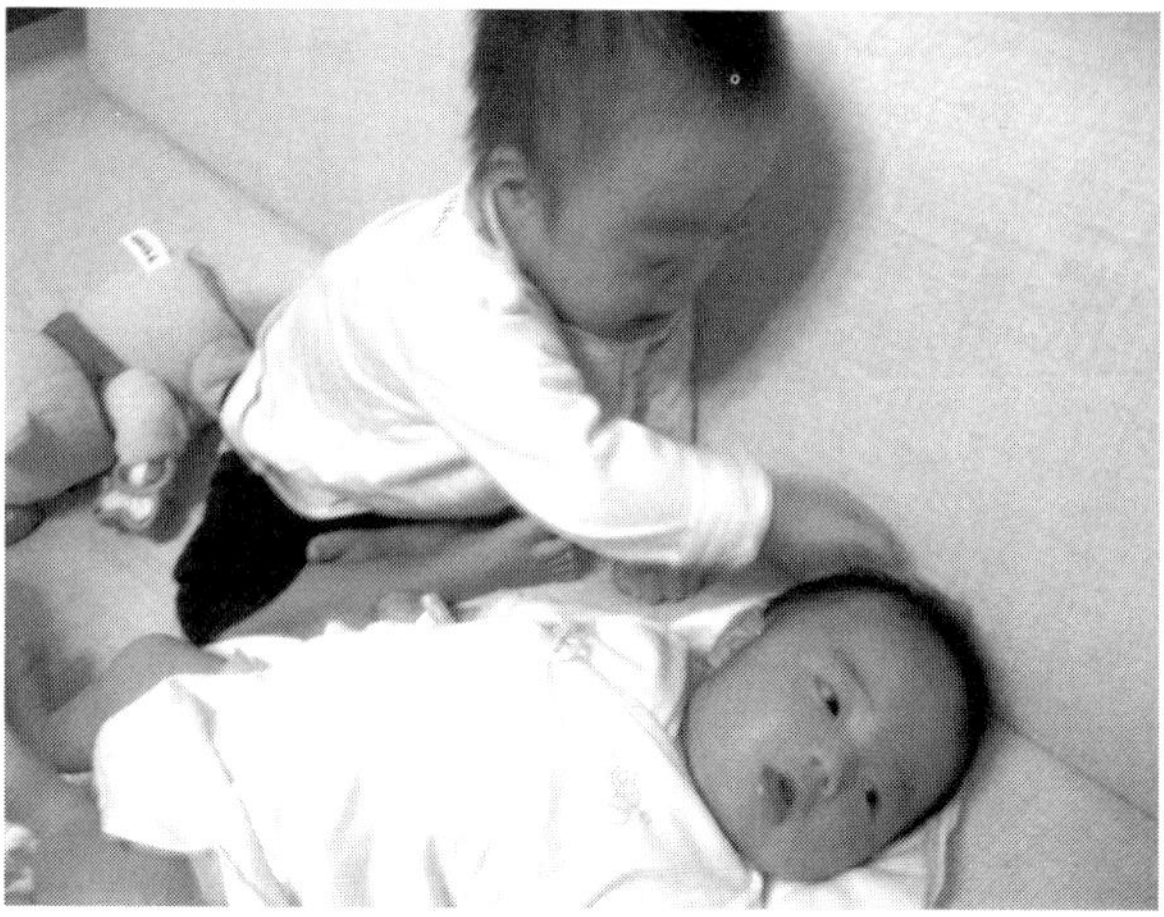

弟なでなで、2006月10日

いやー、子どもって強くなるものですねえ。病院で点滴のしずくが落ちるのを見ながら、どちらかが仕事を辞めなければならないかもしれないと、真剣に悩んだ日々がウソのようだ。

と思っていたら、ちょうど出ました。どーんと派手な、三九度二分ってえ高熱が。鼻水も朝から止まらないし、遊んでいてもなんとなく元気がないなあとおでこに手を当ててみたら、熱いこと熱いこと。本人も相当つらい様子で、ここぞとばかりに抱っこして攻撃の嵐だ。今日ばかりは弟への遠慮はまったく感じられない。たまにはこんなことでもないとね、こんなときは我慢しなくてもいいぞ。思いっきり甘えてください、あゆむくん。きっと弟の手前、たくさん、たくさん我慢していたんだろうから!

育休体験

二〇〇七年一月からの三か月間、育児休暇を取得した。

この三か月は、あっという間に過ぎてゆき、これまでにも増してあわただしい毎日が始まっている。大地はおにいちゃんと同じ保育園に入り、ここまで体調を崩すことなく元気に通園している。白分はというと、まわりのメンバーこそ人事異動で大きく変わったものの、以前と同じ職場で、以前と同じような仕事に無事復帰を果たすことができた。育休中はなにがなんだかわからないまま、ただ慌しく過ごしてきたのだが、一区切りが付いたこのタイミングで少し振り返ってみようと思う。

「育休なんてよく取れましたね」と言われることがある。これには二つの意味が隠れていて、一つは「職場がよく育休取得を許してくれたね」という意味で、もう一つは「よくもまあ育児に向き合う気になったね」という意味だ。

男性にとって、育児関連の制度活用には、さまざまな心理的ハードルが存在する。（その1）同僚に迷惑をかけるのではないか。（その2）上司が嫌な顔をするのではないか。（その3）昇進やその後のキャリアに悪い影響が出るのではないか。（その4）生活費に困るのではないか。（その5）育児をしている姿は少し恥ずかしい。（その6）ずっと家に居るなんて退屈で我慢できない。（その7）社会の流れから取り残される、などなど。挙げていけばきりがない。

だから、いろいろと考え始めてしまうと大抵結論はこうなる。「まあ、また今度。状況が整ったら取ることにしよう」と。かなり強い信念を持った人か、三度の飯より子どもが好きという人でもない限り、これらのハードルを越えるのは難しい。

で、そのどちらでもない自分が、ではなぜ育休を取得できたのかというと、結婚する時の妻との約束があったからだ。「あのとき育休を取らなかった」と一生言われ続けるのは、かなり辛いことだと思う。妻は、あっさりしている性格だと思うけれど（一応妻へのフォロー）、出産や大変な時期の育児に関する約束は、やはり重い。そんなわけで妻とのコミットメントを果たすべく、えいやっ！　で育休生活に突入したわけである。

育休を取得してどうだったかと聞かれれば、「良かった。また機会があれば取りたい」と答えたい。わりと素直な今の気持ちだ。その点では、背中を押してくれた妻に感謝している。社会人になってから、これだけまとまった期間の休暇が取れることはまずないだろう。そう考えると、とても貴重な時間だったと思う。子どもとの関係が深くなったのは当然だけれど、家族との関係、仕事に対するスタンス、地域や知人との繋がりなど、新たに気づかされることがたくさんあった。人生の幅がぐっと広がったように感じる。

こんなことがあった。三月も終わりに近づいたある日、仕事復帰の挨拶と若干の引継ぎをかねて職場に顔を出していた。携帯が鳴る。「パパが出かけてから、ずーっと大ちゃん機嫌が悪いの。なかなか泣き止んでくれないんだけど、どうすればいい？」なんとそれは、妻からのＳＯＳだった。いくつかアドバイスして電話を切る。嬉しいような、くすぐったいような、不思議な感じだ。

主夫の日常は不思議な感覚

育休の三か月間はあっという間に過ぎた。職場が恋しくなるかと思いきや、最後の一か月はこのまま終わってしまうのが惜しい気になった。家と保育園とスーパーが基本の生活圏となり、電車にはめったに乗らなくなった。近所で挨拶する顔もなんだかんだで増えてきて、ようやく日々の生活パターンが落ち着いてきたのに、気づくと残り期間のほうが短くなってしまっている。

主夫の日常は単調だろうと思われるかもしれないけれど、これはこれでなかなか楽しい。保育園でのあゆむの様子を保育士の先生方から教えてもらったり、妻の職場でのハプニングを夕飯時に聞かされたり、そして何よりも大地の成長を間近で見られるわけで、それなりにいろいろあるものだ。もちろんその他にも、親戚が大挙して泊まりに来たり、近所の友人を夕食に誘ったり、かと思うと大地が熱を出し、続いて妻も熱を出し、挙句の果てに自分が熱を出したりと、書き出してみると結構忙しい日々だった。

ただ、やっているのは、炊事、洗濯、掃除、保育園送迎、買い物、オムツ換え、ミルク、お風呂、寝かしつけ……。これの繰り返し。でもこれ、工夫次第でいろいろと奥が深い。

たとえば洗濯は、短い冬の日差しを上手く利用してどれだけカラッと乾かせるかが勝負だし、オムツ替えは、チョット油断するとすぐにかぶれてくる大地のお尻を何とかきれいにしておきたい。掃除はできるだけ手を抜きながらも、そこは赤ん坊のいる環境、なるべく清潔にしておきたい。そしてなんといっても、はまるのが料理だ。

これまでの料理は、自分の食べたいものを中心に献立を組み立てることが多かったが、最近は妻のリクエストに応えることが増えた。レシピどおりに作っていたおかずにちょっとアレンジを加えてみたり、未知の食材を使って新たな料理に取り組んでみたり、商店街で季節の野菜や魚を勧められ、その場で調理法を聞いて試してみたり。レパートリーが増え、手際がよくなり、食材への応用力も付いた。「これ、美味しいね」の一言は、主夫冥利《みょうり》につきる。

では、もともと家事が好きだったのかと聞かれると、そうでもない。必要に迫られてやってきたことばかりだ。ただ、家事をこなしていると、こういった仕事をやる人が誰かいなければなかなか生活は回らないものだ、ということを実感する。とりわけ子どもに手がかかる時期はなおさらだ。家族のメンバーの生活を支えている、そんな実感がわいてくる瞬間がある。もちろん金銭的な稼ぎは育児休業手当ての小遣い程度しかないのだけれど、家事で支える醍醐味もあるなあと。これって、仕事の達成感とは明らかに違う種類のものだ。

「主夫、向いてるかも……」。がさついた指先にハンドクリームを塗りながら、つぶやいてみると、「そんなわけねえだろ！」と、突っ込みを入れる自分がいた。

夫婦の危機を乗り切るには

二〇〇六年の一一月から一二月、振り返ってみると、夫婦間はかなり危機的な状態だった。妻は産後の回復し切らない体を押して、あゆむの送迎と家事を担当。自分は、一月から育休に入るために、今年度の仕事を何とか終わらせてしまおうと躍起になっていた。結局すべては終わらず、それどころか新しいプロジェクトまで担当することになり、一月中は週に一度ボランティア出勤をする羽目になった。つまりお互いに、まったく余裕がない状態がしばらく続いたわけである。

余裕がないとどうなるか。相手に対する要求ばかりが大きくなる。口を開けば「あれやって、これやって」で、すぐにケンカになってしまう。仕方がないのでなるべくしゃべらないように、ただ黙々と家事の分担のみをこなすこととなった。

今考えればもっとやりようもあったのかもしれない。産後の体のきつさを配慮すれば、もう少しやさしく接することもできただろう。でもあの時はあれでいっぱいいっぱいだった。かろうじて踏みとどまっていられたのは、やはり子どもたちの存在があったからだと思う。

そのころあゆむは、歩行器で歩く訓練を始めたばかりで、朝は一階にある集合ポストまで新聞を取りに行くことが日課になっていた。なかなかまっすぐ歩かないし、何か気になるものがあるとすぐに立ち止まってしまい、挙句の果てには廊下の途中で「疲れたー」と、抱っこを要求してくる始末。ただでさえ忙しい時期に、冬の寒い朝、ゆっくり歩を進めるあゆむに付き合うのは根気が要る。それでも本人は自分の足で歩けるのが楽しいのか、徐々に歩行距離を伸ばしていった。

そんなある日の朝、午前中の会議の進行を思い描きながら、まだずいぶん後ろにいる歩行器をじりじりして待っていると、あゆむが手を挙げて「あっ、あっ！」と叫びだした。どうやらこっちへ戻って来いと言っているらしい。家の玄関まではかなりあるのに……。仕方がないので近づいていくと、今度は上を向いて「あっ、あっ、あっ！」。あゆむが立っているのは、通路から中庭に出るあたりで、ちょうど屋根が切れる部分だ。

「あっ、あっ、あっ！」「なんだよ、なにかあるの？」と、あゆむの横に並んで、上を見上げてみる。そこには、マンションの屋根の間から、真っ青な空が見えた。四角く、切り取られた冬の空は雲ひとつない快晴で、建物の白との対比が、不思議な美しさで迫ってきた。

まあ、あんまりギスギスしてちゃいかんよな……。視線を戻すと、そこにはあゆむのニコニコ顔があった。〝ねっ、パパ、ゆっくり行こうよ〟って。

そして言葉が残った

療育センターで言語療法士のカウンセリングを受けた。全部で一時間程度の内容で、あゆむと言語療法士が机をはさんで向かい合って座る。机の上には果物や、乗り物、動物などが描かれたカードが置かれている。

「あゆむくん、りんごはどれだか分かる?」(りんごのカードを取る)

「そうだね、おりこうさん。じゃあ、電話はどれかかな?」(電話のカードを取って、耳にあてる)

「すごいねえ、電話、もしもしって、分かってるのね」

とまあ、こんなやり取りが続いていく。

不思議なもので、親としてはなるべく多くの質問に答えてほしい。なんだか一緒にテストを受けている気分になってくるので、どうしてもやり取りに口を挟みたくなる。そんなふうにしてカウンセリングの様子を見守り、ほぼ一通りの内容が終わったところで、両親にカウンセリング結果が伝えられる。

「あゆむくんはかなりの内容をわかっていますね。発語は少ないですけれど、言語は十分理解していると思われます。全く心配ないですね」とのこと。

あゆむが褒められることなんてなかなか無いので、親としてはとても気分が良い。本人もカウンセリングの間中、「すごいねえ」「よく分かっているわねえ」「そうそう、その通り」と、賞賛の言葉を浴び続けており、いたってご満悦顔だ。褒めるってすごいことですねえ。
そんなことがあって、数か月がたったころ、あゆむの口からようやく言葉らしきものが発せられるようになって来た。
「っぱん」↓アンパンマン、おまる（アンパンマンのキャラクターがついている）
「っめ！」↓ダメ、やめて
「っはん」↓ご飯、ご飯食べたい
「っぢ」↓あっち、あっちへ連れて行ってくれ
これらに、ジェスチャーが加わるので、それなりの内容を表現できるようになってきた。こちら側が言っている内容はかなり理解できているので、意思の疎通も部分的に可能だ。
そんなあゆむが、水疱瘡をもらってきた。医者で出された水疱瘡の特効薬は、「特効薬↓タミフル↓副作用↓怖い」とあっという間に連想が進み、夫婦相談のうえ飲ませないことに決めたので、あゆむの水泡は全身に広がり酷い状況になった。つむじのてっぺんから、つま先まで、口の中からお尻の穴まで、全身が水泡で覆い尽くされたのだ。
当然あゆむは「たい、たい（痛い、痛い）」と主張する。水泡最盛期には、夜の間中「たい、たい」が続き、結局ほとんど寝られないほどであった。かわいそうで、辛そうで、見ていられない状況で、妻と自分が交代で付き合った。
そんな夜を過ごして、それでも一週間もすれば峠は越える。水泡がかさぶたになり、かさぶ

たもどんどん取れて、肌もきれいになってきた。あんなに苦しんだ水疱瘡も、痕跡も残さずきれいさっぱり消えていく。

そして言葉だけが残った。ちょっと気に入らないことがあれば、あゆむの声が主張する。

「たい、たい！」

歩きはじめたあゆむ

「バリアフリー度チェック」って、ご存知だろうか。

障害者と健常者がペアになって、ショッピングセンターや駅、公共施設など、多くの人が利用する建造物のバリアフリー度を確かめていく。まちを歩くときに、ちょっと視点を変えるだけでいろいろなことに気づくが、車椅子に乗ってとなるとさらに多くのことに気づかされる。

ベビーカーを押していても感じるのだが、エレベーターとエスカレーターの無い駅は、そもそも利用する気が起きない。駅員が手助けしてくれるかどうか以前に、誰かに協力を頼まないと電車に乗れない（もしくは降りられない）こと、そのこと自体が大きなストレスなのだ。

そうやって考えてみると、世の中のほとんどの建物は、健常者の身体機能とサイズに合わせて設計されていることがよくわかる。こんな想像をしてみるとおもしろい。例えば平均身長一〇メートルの巨人の世界に放り込まれたらどんなだろうか？　階段は一段当たり一・五メー

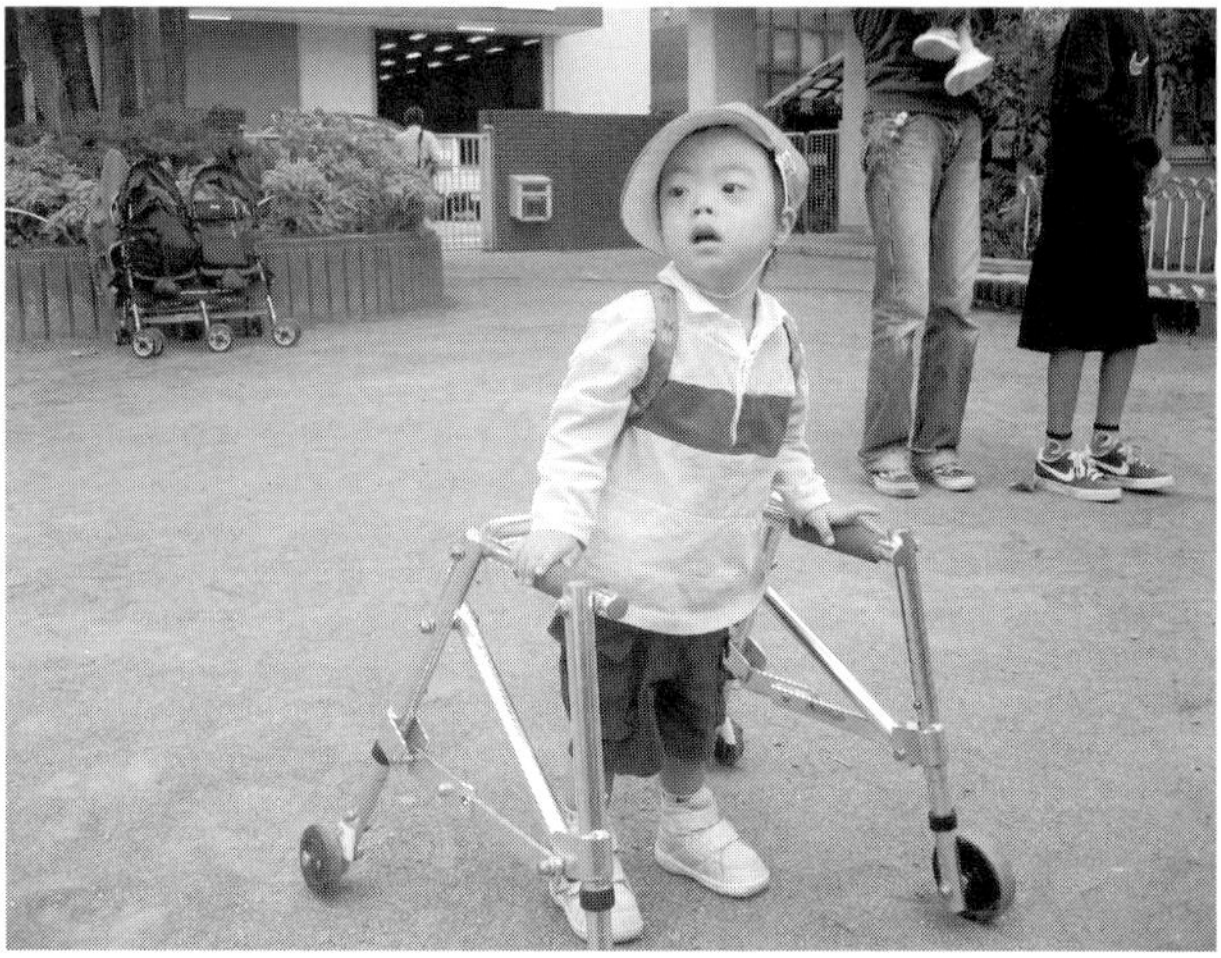

歩行器で歩きはじめたあゆ３歳（保育園の運動会で）、2007月10日

トルで、とても登れない。エスカレーターも同様なので、ちょっとタイミングをはずしただけで大怪我だ。エレベーターはボタンに手が届かず、必ず誰かの助けが必要になる。まちはきっとストレスだらけのはずだ。

これが、障害者にとっての、いまの私たちの社会であるといえる。健常者が誰の助けも借りずに自由に移動ができるのは、身体的な能力というよりは、単に自分たちの体に合わせて事物が設計されているからに過ぎない。

と、こんなことを、あゆむが三歳になる現在まで考えてきた。

そう、なかなか歩けるようにならないあゆむと向き合いながら、いやおうも無く考えさせられてきた。

三歳の夏、ようやく歩み始めたあゆむを見て、妻と二人でどんなにほっとしたことか。一歩が二歩に、三歩が五歩に、やがてあゆむはひょこひょこと部屋中を歩き回るようになる。

そして、秋。保育園の運動会。アンパンマンのお面を頭につけたあゆむは、大勢の観衆の見守る中、ママを従えて、一人で園庭を一周して見せた。これまでお世話になった保育園の先生方はじめ、同じクラスのお母さん方からも、驚きと感動の声をいただいた。練馬のおじいちゃんや、山形のおばあちゃんも、朝早くから会場に駆けつけてくれた。

みんながキミの成長を見守ってくれているんだね。

晴れの舞台で立派に競技を終えたキミは、とても輝いていましたよ。

二人乗りバギーは大活躍

二〇〇七年一二月で、三四歳になった。

近しい人からのお祝いの言葉やプレゼントは素直にうれしいものだが、今回は思いがけず大地からも贈り物がきた。

夕食時だった。最近あゆむと大地の間で、足で床を蹴って椅子ごと後ろに下がる遊びがはやっている。その日も一通り食べ終えて、そろそろ遊びたくなるころあいだった。

大地がいつものように床を足で蹴り、椅子ごと食卓から離れていく。「大ちゃん、戻ってきなさい」という妻からの声を無視して、さらに後退を続ける大地。と、おもむろに大地が立ち上がり、ひょこひょこ こちらに向かって歩き出すではないか！

「今の見た？　歩いたよ、大ちゃん！」「すごーい！　あゆくん、見た？　見た？　大ちゃんすごいねー！」「パパへのプレゼントだね」

突然のことに盛り上がり、みんなで大地に拍手を送った。当の本人も満面の笑みで、（いやー、本当はちょっと前から歩けたんだけどさぁ、お披露目はパパの誕生日までとっておこうと思ってさ）と、言っているようだった。

そんなことがあって、二〇〇七年はあゆむと大地が歩けるようになった記念すべき年となった。とはいっても、二人ともヨチヨチ歩きだから、外出時は依然バギーが必要だ。そんなわが家で活躍しているのが双子用バギー。前後に縦に並ぶタイプもあるのだけれど、うちのは横並びタイプ。

街を歩いていると「あら双子ちゃんですか？　かわいいわねー」の声がかかる。余裕のあるときは「こっちがお兄ちゃんなんです」と説明するけど、たいてい「ええ、まあ」なんてあいまいに応えてしまう。

二人乗りバギーのおかげで、お散歩やお出かけが格段に楽になった。先週の土曜日も、二人を連れて、妻の職場が主催した子ども劇場に行ってきた。劇の内容はちょっと難しかったけれども、随所に二人が喜びそうな動きや音楽が入り、それなりに楽しめたようだ。

帰り道、天気も良かったので、一駅分を歩いて帰ってきた。途中ポカポカ陽気に誘われて、二人とも入眠。

保育園の先生は、「お父さん、土曜日に二人を家で面倒見るなんて大変ねー。偉いわねー」と言ってくれるけれど、どうして、どうして、これで結構楽しい。だって、こんなにかわいい寝顔が二つ並んでいるんだから。

稲刈を終えた田んぼの脇を、バギーを押しながら、なんだかとってもゆったりした、いい気持ちの午後なのでした。

仕事と職場と子育てと

ある金曜の夕方、来週の予定を決める電話の最後に、相手の男性が言った。「じゃあ打ち合わせは来週の水曜日の午前中ということで。会議室は私のほうで抑えます」「ええ、お願いします。時間はどうしましょうか？　早いほうがいいですか？」

「いやすみません。いま育児時間制度をつかっているもので出社が九時一五分なんですよ。九時半以降でお願いできませんか？」と相手の男性。

結局水曜日の会議は一〇時スタートになった。「育児時間」という言葉をさらりと言ってのけた電話の相手に、なんだか嬉しくなったものだ。

子どもが小さいうちの育児と仕事のバランスは、本当に難しい。とりわけ女性のそれに関してはさまざまな場面で語られている。もちろん男性だって、大変な人は大変なのだけれど、それを職場や仕事の場面で話すのは、まだまだ難しいように思う。一人で抱え込まず、適当に回りにＳＯＳを出すぐらいがちょうど良い。ただ、このＳＯＳがなかなかうまく出せないのが現実でもある。

個人的なことで言えば、一番助かったのは、現状を理解してくれた職場の上司や同僚だった。もちろん自分のほうから頻繁にＳＯＳを出し、子どもの状況を細かく報告もしていたけれど、それを受け止めてくれた職場環境があったということは本当にラッキーだったと思う。

三か月の育児休業が取得できたのも、そんな回りの支えがあったからこそだ。と、そんなことを考えながら受話器を置き、準備しておいた資料を小脇に抱えて局長室に向かう。今週最後の大仕事だ。この打ち合わせで局長のＯＫが出れば、週末は心おきなく休める。でも、局長厳しいからなあ……。

「……というわけで、今言ったところの修正をしておいてくれ。火曜日の夕方の会議に使うから、月曜日の朝までに……、と言いたいところだが、月曜の午後にしようか」「えっ、いいんですか?」「だって、週末は育児だろ?」とまあ、今はなかなかに恵まれているわけです。

「オーッ!」の声が聞きたくて

さあて、今夜もようやく夕飯ができた。お腹をすかせた子どもたちが、台所の柵にすがりついて騒いでいる。

「さあ、どいたどいた。ご飯ができたぞ。準備するから席についてくれ」。できたばかりのカレーライスを、それぞれの皿に盛り食卓に運ぶ。そこへ腹ぺこ軍団が殺到してくる。

「はい、どうぞ。手を洗った人から食べていいよ」と言いながら、カレー皿を卓袱台に置いた、その瞬間、「オーッ!」「オーッ!」二人の口から、同時に歓喜の声がほとばしる。

(イヤー、そんなたいそうなもんじゃないですよ。手抜き、手抜き)なんて思いながらも、正直うれしい。

自作の料理を目にしたとたんに、「オーッ!」の歓声が飛んでくるのだから、なかなか味わえませんよねえ、こんな素直な反応は。これだから父親業はやめられません、ほんとに。

素直な反応と言えばもう一つ。クリスマスのプレゼントを渡したときのこと。あゆむにはアンパンマンキーボード、大地にはボール落とし玩具を送った。

二人ともそれぞれのおもちゃに飛びつき、早速夢中になって遊んでいる。そのうちお兄ちゃんのおもちゃのほうが面白そうに見えたようで、大地は盛んにキーボードにちょっかいを出していたけれど、でもまあ、狙い通りの展開になった。

あゆむのプレゼントを決めたのは、一か月以上も前のこと。家族四人で横浜にあるアンパンマンミュージアムにいき、そこであゆむが一番夢中になって遊んでいたのがアンパンマンキーボードだった。

子どものおもちゃにしてはちょっと値も張ったけれど、ボーナスも出たことだし、えいやっ、で購入した。そうして予め決めておいたプレゼントを、買いに行ったおもちゃ売り場でふと思った。

（あいつらきっと喜ぶよなあ。うん、絶対喜ぶ。そんなふうに喜んでもらえるプレゼントを選んだり、贈ったり、なんだかとっても幸せなことだなあ）って。贈物って、贈る相手の喜ぶ顔を思い浮かべながら、あれこれ悩んでいるときが一番楽しいじゃないですか。そんな楽しいことが、これから何年も続くって、本当に素敵なことだなあって。

さてさて、こんな勝手な親の思いに、子どもたちはいつまで付き合ってくれるのでしょうかねえ？

お絵描き進化形

六月第三週の日曜日、朝目覚めるとリビングに手書きのカードが置いてあった。表には妻の筆跡で「Thank You PaPa　あゆむ、だいちより」とあり、内側にはあゆむ作の「似顔絵」があった。

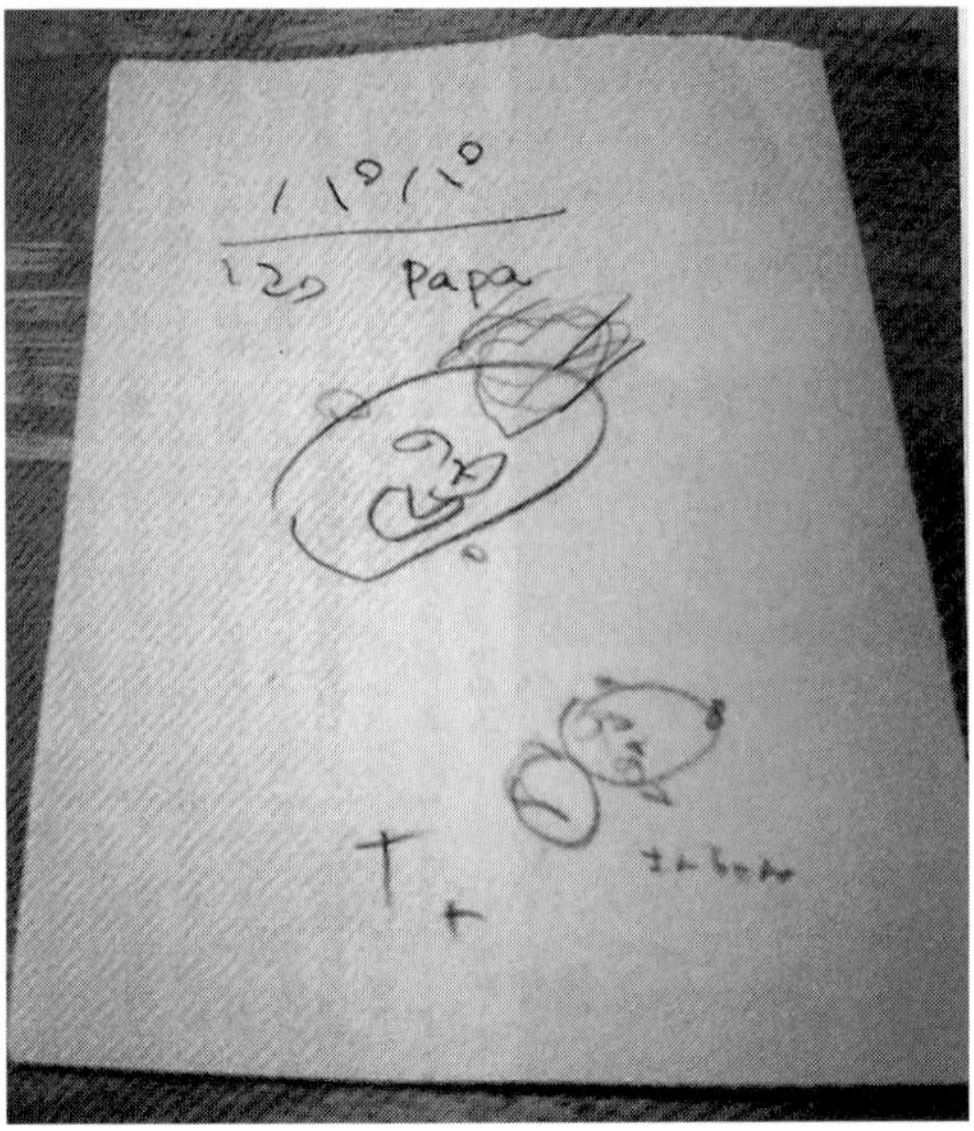

二〇〇八年六月（真ん中下、あゆサイン？）

四歳になったころからだろうか、あゆむの落書きが人の顔の「絵」に見えてきたのは。

それはたくさんの円からはじまった。たくさんの円はいつの間にか目らしき二つの黒点を持つようになり、やがてそれに口らしき黒棒が加わり、さらにもじゃもじゃの髪や、外周に二つの耳が付加されるにいたって、はっきりと顔としての様相を呈してきた。

カードにはそんな進化形の似顔絵が、青色の鉛筆で描かれていた。

そんなことがあったからということでもないのだが、東京にいる自分の妹弟に声をかけ、父の日の集まりを持った。中華料理の店を予約し、今年で五七歳になる父親を囲んだ。面と向かっては照れるので、プレゼントの新潟の地酒に、ささやかながら感謝の気持ちを込めておく。

自分は五人兄弟妹の長男として育った。実家から出て、社会人として自らの部屋を借りるまで、思い返せば兄貴らしいことはほとんどしてこなかった。つまりは両親の手厚い庇護の下で生きてきたのだ。結婚して子どもが生まれてもなお、精神面を含めてさまざまな部分で親の支えを必要としていることを感じる。

あゆむからもらった父の日のカードと、父親にプレゼントした日本酒。子から親へのありがとうの連鎖。ちょっと気恥ずかしいけれど年に一度くらいこういうのもありだよなと思う。

さて進化を続けるあゆむの絵には、最近、作者の署名が加わるようになった。たぶんカタカナと思われるカナクギ文字ふうのサインで、パッと見には十字が乱雑に並んでいるようにしか見えない。しかし、どうやら「アユ」を表しているようなのである。

おしゃべりでは、意味ある言葉をなかなか伝えきれないあゆむだけど、進化するお絵描きの中で、表現の幅は広がってきている。

お兄ちゃんはお兄ちゃん

夏は子どもが大きく成長する季節だという。

学生時代の塾講師のアルバイトでは、「夏を制するものが受験を制する！」なんていって、小・中学生にかなり発破をかけたことがあった。一か月以上のまとまった時間を受験勉強に費やすのだから、さすがに伸びる生徒はぐぐっと伸びて、翌年の試験本番まで突っ走ったものだ。

自分の場合でも、テニス部の合宿が終わると、何かしら新しい技術を習得していて、少し成長したような気がしたものだ。

とはいえわが家のおちびさんたちに、それほどまとまった休みはない。保育園児のお休みは、親の仕事の都合で決まってしまうので、一か月の長期休暇というわけにはいかない。それでも、今年はなるべく長く過ごすために、九日間の連続休暇をとった。

この夏わが家で一番の成長株といえば、大地。

まず体重が一一キロ台に乗り、なんとお兄ちゃんを越えてしまった。身長も八〇センチ台後半と、こちらもお兄ちゃんに並んだ。走るときの足取りもしっかりしてきて、お出かけで長距離を歩かせると、お兄ちゃんよりも長く歩くことができるようになった。この分で行くとベビーカーを先に卒業するのは、どうやら大地のほうになりそうだ。

八月に二歳になった大地は、おしゃべりのほうも達者になってきた。「パパはー?」「だいちゃんの!」「ウンチでた……」「だっこだっこ」「なんでー?」と、耳に入る単語を片っ端からオウム返しすることで、目に見えて上達してきた。「だいちゃんのパンパンは?」「食べちゃったでしょ、無いよ」「なんでー?」「食べちゃったんだから無いんだよ」「なんでー?」（以下繰り返し）……。こんなふうに、簡単な会話もこなせるようになってきたのである。

一方のあゆむといえば、こちらの言っていることはほとんど理解している様子は伺えるものの、いかんせん言葉が出てこない。言葉が出ないので、会話を成立させることができず、本人もまわりも少々フラストレーションがたまる。

さて、そんなあゆむと二人で菅平高原の温泉に行った。長く職場を空けることができなかった妻は、大地とお家で留守番となった。

露天風呂にのんびり浸かって、プール気分を満喫し、すっかりいい気持ちで売店に足を踏み入れた。明日でこの小旅行も終わりだし、何かお土産でも買っていこうかと棚を見ていると、あゆむが袖を引っ張る。どうやらアンパンマンのおもちゃコーナーに気に入った商品を見つけた様子だ。「いいよ、あゆくんとってもいい子にしてたから、何かひとつ選んできな」と、しばらくするとアンパンマンのおもちゃのカメラを持ってきた。しかも両手にひとつずつだ。「買ってあげてもいいけど、一つにしなさい」「あーっ（両方掲げて首を振る。二つ欲しいとのこと）」「なんで、一こあればいいでしょ?」「っめー、つちゃんの!」「なるほど、だいちゃんにお土産なのか」「うん（ニコニコ）」とまあ、ちゃんと弟のことも考えている、お兄ちゃんのあゆくんなのでした。

「アムくん好き!」な女の子

一二月初めの水曜日、休みを取って神宮外苑に出かけた。目的は二つ。一つはすっかり色づいた銀杏並木の下の、金色に敷き詰められた落ち葉の上を散歩すること。もう一つは、九年前に結婚式を挙げたレストランで、家族四人で食事をすることだ。

実はこれ、妻からの誕生日プレゼントで、ずいぶん前から「一二月の水曜日は休み取ってよ。予約入れちゃったからね」と言われていた。

レストランの料理は九年前と変わらぬ美味しさで、行き届いた店員のサービスが心地いい。妻が頼んでいた誕生日ケーキはちょっぴり恥ずかしかったけれども、思い出に残るバースデイとなった。一つ欲を言えば、一杯コーヒーのお代わりができて、もう一五分お店にいられれば……。まあそれは、子どもたちがもう少し大きくなってからの楽しみに取っておこう。

いまだ言葉がはっきり出てこないあゆむは、自分から保育園の様子を話すことはほとんどない。こちらから質問を振っても、「センセ、センセ（先生のこと）」とさっぱり要領を得ない。このため、あゆむ専用の連絡帳があって、家庭の様子・園の様子を、家と保育園で毎日記録をして情報を共有している。

そんなあゆむではあるのだけれど、同じクラスの女の子の中で「アムくんが好き！」（保育園では、「アムくん」と呼ばれている）と公言している子が、少なくとも二人はいるとのこと。確かに朝、園に送っていくと、教室の扉を開けた瞬間に、女の子たちにもみくちゃにされる姿を何度か目撃したことがある。本人がどう感じているかは別として、「守ってあげたくなる存在」であるのだろうと思われる。

守ってあげたくなるのは、何も同じクラスの女の子に限らない。保育園には自分のクラスの他に、「縦割りクラス」なるものがあって、お兄さん、お姉さんと過ごす時間が設定されている。そこで「アムくんお世話係」的な子もいる様子で、何くれとなく気に掛けてもらっているようだ。

さてそんな周りの親切だが、子どものすることだから当然「行き過ぎたおせっかい」になることも少なくない。そんなときもアムくんはニコニコ受け入れているのかといえば、さにあらず。かなりはっきりした意思表示で、拒否しているようなのである。

あゆむはお絵かきをはじめ、わりと一人で工夫して遊ぶことが多い。別に友達との関わりが嫌なのではなく、自分なりの世界でも十分楽しめている様子がうかがえる。そんなわけなので、あまり無理やりお世話をされるのは煩わしいようなのだ。

とかく手を差し伸べられがちな障害児にとって、「たとえ親切であっても、嫌なものはイヤ」と、意思表示をすることはとても大切である。他人との関係を作るうえで多くの助けを必要とするからこそ、自分でできることは自分でやってほしいと思う。知的障害者が経済的な「自立」を果たすことがなかなかに難しい日本の社会だからこそ、自らの人生をしっかり選び取る「自律」する力を、あゆむにはぜひ身につけさせたいと思っている。

そういえば先日、「アムくん好き！」の女の子のうちの一人が、お母さんと遊びに来た。その子とあゆむは、一緒に遊ぶ場面もあったものの、ちょっと距離を置いて別々に遊んでいて、それはそれで双方楽しそうに見えた。あゆむはあゆむでいつものマイペース。その子はその子で、アムくんのおうちで遊べて、両方ハッピーだったのだろう。

あゆむもいずれ、自分で決めたパートナーを家に連れてくることがあるのだろうか？　そのとき二人の間には、思い出の公園や、お気に入りのレストラン、はじめて行った映画なんていう、二人だけの大切なものを共有しているのでしょうか？

仲良しの女の子と同じ部屋で、ブロック遊びに興じるあゆむの姿を見ながら、そんな想像が膨らむ日曜日でした。

あゆは成長していない、のか？

一月の日曜日の朝、あゆむと二人で起き出して、リビングでテレビを眺めていたときのこと。ふと気づくとあゆむが自分のタンスの前で、なにやらごそごそやっている。しばらくほうって置いたところ、とことこ僕の前まで歩いてきて、「えっへん！」と誇らしげな顔。なんと、一人で着替えを済ませてきたのだ（えっ、いつのまに自分で着替えができるようになったんだ？

しかもパジャマは畳んであるし。やるじゃゃん、あゆ！）。

実はその一週間前に、こんなことがあった。

保育園の行事に、懇談会なるものがある。クラスの父母が集まり、先生方を囲んで子どもの成長について語り合うのだ。日ごろの小さな出来事は、連絡帳などでやり取りがあるが、この一年を通じて子どもたちの様子はどう変わったのか、親にとっても、園にとっても大事な情報交換の場である。

「オムツはすっかり取れました」「食事時に遊んで困っています」「弟が生まれて、最近本人が赤ちゃん返りをしてしまって……」「家では甘えん坊さんで困ります。園ではしっかりやっているようなので、しょうがないかなと思っていますが」「園が休みの日でも、行きたいと言ってうるさいぐらい、保育園が好きですね」などなど。園と家庭のギャップや、子どもたちのかわいい姿が報告され、終始和やかに進む。どの家庭も、それぞれの親の方針と、子どもの様子が伝わってきて、とっても微笑ましい。

さて、あゆむの番がまわってきたのだが、正直困った。大して報告することがない。家では大地の成長が著しく、この冬、身長・体重ともにあゆむは大地に抜かされた。遊びの場面でも、これまであゆむが引っ張ってきたのだが、言葉を覚え、会話力が飛躍的に向上してきた大地が、最近ではリードしていることが多い。で、思わず、こんな言葉が口を突いた。

「お正月で、兄弟の力関係が逆転したように感じます。あゆは、あんまり成長していないかなあ。まあ、本人は楽しく園に通えているので、それはありがたいなと思っています」。

一堂、沈黙……。

言い終わった後、さすがに失敗した！　と思ったけど、後の祭り。となりに座っていたSくんのママが、「でもずいぶんしっかり歩けるようになったじゃない」とフォローしてくれたのだが、気まずい雰囲気が残った。

大地との関係だけでなく、最近は、同じクラスの子どもたちと比較しても、あゆむの成長のゆっくりさが歴然としてきた。オムツは取れないし、言葉はまともに出ないし、外出してもすぐに疲れたといって、抱っこを要求してくるし……。

さらに言えば、懇談会みたいな場面で事細かにあゆむのことを話すのは、正直かったるい。はじめっから、みんなとかなり差がある中で、あゆむの抱えている当面の課題は、周りと比べればレベルが低い。そういった状況全部をひっくるめて、説明するのが面倒だったりするのだ。だけどさ、やっぱりそれは親のひがみなんだね。

他人と比べない、比べない、といって、一番比べているのが自分なんだなあと思う。

一年前と比較すれば、しっかり地面を摑むあゆむの足取りを見て、ちょっぴり反省した二〇〇九年、新春なのでした。

「就学猶予」ってご存知ですか？

「就学猶予」なる言葉をご存知だろうか？　「猶予」というくらいだから、面倒くさいことを先延ばしにできる、というニュアンスが漂ってくるが、さにあらず。障害児を学校に来させないようにするための行政側の方便で、その意味するところを正確に記すれば「入学拒否」となる。

本人や親がどんなに希望しても、学校側の受け入れ態勢が整備されていないことを理由に、障害児たちは学びの場から排除されてきた。一九七九年四月、養護学校が義務教育化され、制度上、障害児の学ぶ権利は保障された後も、子どもを普通学級に通わせる統合教育の運動などもあり、「いかに子どもの教育権を確保し、可能性の芽を伸ばすことが出来るか」という保護者の思いが、この国の制度を動かしてきた。そして二〇〇七年四月、養護学校・聾学校・盲学校などの障害児が通う学校は、特別支援学校として統一され、障害児教育も新たな局面を迎えている。

で、その「就学猶予」である。

ネガティブな意味を持って語られる「就学猶予」であるが、関係各機関にあたって、あえてその「就学猶予」の可能性を探ってみた。つまり、あゆむの入学年度を一年遅らせられないか、と考えたわけである。

自分の学生時代の塾講師・家庭教師の経験から、子どもにはそれぞれの「伸びる時期」があると感じてきた。周囲の環境と本人の能力、そしてやる気が上手くかみ合ったとき、子どもは驚くべき成長を遂げる。難しい応用問題から入るのでは、一番大切なやる気が、出鼻からくじかれる。その子の能力にあったレベルの問題から始めて、徐々にその難易度を上げること。そしてその過程を周囲がしっかりサポートし、ときに叱り、ときに褒めることで、どんな子どもも達成感を感じながら歩を進めていく。

ようやく二語文が出てきて、意思疎通もどうにかこなしているあゆむが、せめて会話らしきものが出来るようになってから学校に通わせたい。教室でお客さんになるくらいならば、一年でも二年でも保育園に通わせて、時期が来たら入学させたい。そう思ったわけだ。近隣他都市の制度も調べてみて、必要ならば転居もありだな、そんなふうにも考えていた。

障害児教育の歴史は歴史、保護者たちの運動は運動。それはそれとして、肝心のあゆむを取り巻く状況はどのようになっているのか? 保育園、保護者仲間、社会福祉法人職員、小学校の校長先生、療育センターのケースワーカーと、情報を持っていそうなところにてあたり次第相談をした結果、どうやら今の川崎市ではかなりの幅の選択肢が用意されていることがわかった。

養護学校で学ぶ。普通学級で健常児と机を並べて学ぶ。特別支援級であゆむにあったカリキュラムで学び、可能な部分で普通学級の子どもたちとの交流を行う。そして就学猶予。そのいずれもが本人の能力と、希望により選べる状態にあるとのことだった。

相談を終えた療育センターの帰り道、妻と二人で「まあ、あわてることはないよね。養護学校や地元の小学校を見学して、あゆむの状態もじっくり見て、それからゆっくり判断しても遅くなさそうだね」なんて話しをした。

と、そんなことがあった翌週のこと、夕飯の食卓で妻から「やっぱり、みんなと一緒に小学校に行かせてあげようよ。就学猶予はかわいそうだよ。なんかねー、あゆくん、みんなと入学準備するの楽しみにしているんだって」との発言。保育園では徐々に小学校入学に関する準備を進めるようで、最年長のぞう組では、年度の後半そのようなカリキュラムが組まれているとのことであった。

はい、決まり。就学猶予の選択肢、消えました。

そりゃあそうだよな。〇歳児から六年間も一緒に過ごした保育園の同級生が、みんなで楽しみにしている入学準備を、一人だけ出来ないなんて、そんなのイヤだよね。

親はいつだって、子どものことが第一だ。でも一番に、一番にって考えるあまり、ときに肝心な本人の意向が置き去りになる。子どものために良かれと思ってのことが、実は親のためだったなんて、笑い話にもならない。あゆむがみんなと一緒に学校に行きたい、そう思っているならばそれがベストの選択肢に決まっている。それでもし問題が出てきたら、それはそのときにまた考えればいい。

子どもは子どもで、ちゃんと自分の人生について意思表示できるようになっているんですね。あゆむの人生はあゆむのもの。そんなあゆむの選択をしっかりサポートする。それが親の役割なんでしょう。

いろいろ考え、またまた息子に教えられた、小学校入学をめぐる騒動の一幕でした。

五歳の術後健診

空調の程よく効いた待合室、窓の外は未だ強烈な九月の日差しが木々を照らす。ここはS記念病院。あゆむが五年前に心臓の手術を受けた病院だ。年に一度の術後健診があり、先ほど心電図とレントゲンを撮り終えた。

ここからは少々長丁場だ。待合室には年代も様ざまな子どもたちが、親に付き添われて行儀よく待っている。いや、よく見れば夏も終わるというのに顔色は青白く、肌は透き通るよう。心臓病特有の、血液の循環がいまひとつで、発育の思わしくない子どもたち。あんまり走り回ったりする元気もないのかも。

そんな雰囲気を察してか、あゆむもおとなしく絵本に見入っている。そろそろおやつの時間だけれど、お菓子を欲しがる様子もない。二冊目の絵本をラックにとりに行く後ろ姿はしっかりしている。最近は、音楽に合わせてジャンプしながら踊れるほどに筋力も付いてきた。

今年の夏は都合四回、海に行った。神奈川の海と、おばあちゃんのいる海。中でも能登島で入った海はとてもきれいで、かなり先まで遠浅の、子どもたちにはぴったりの海岸だった。あゆむはパパにしがみついて沖のほうまで出たり、浮き輪に入って水面に浮かんだり、波打ち際で小さな貝を探ったり。そして何よりも大好きな砂遊びに夢中になっていたっけ。

砂遊びにもいろいろと技術が要る。波打ち際は五〇センチも掘れば底から海水が染み出してきて、それ以上掘り進めようとすると格段に難しくなる。かといって海から遠く離れた場所で穴掘りをしても、今度は水を汲みに行くのが大変になる。体が隠れるほど深く掘るためには、ある程度の大きさの穴にして掘り始める必要がある。そのため掻き出した砂は、穴から少し離して山にしておくほうが、後々の苦労が少なくなる。もちろん砂浜を掘る道具も大切だ。

と、そんなわけで、あゆむに付き合ってはじめたはずの砂遊びが、いつしか少年のころの夢よもう一度と、大人が夢中になっている。子どもたちが穴を壊そうとでもしようものならば、「ほら、あっちに行ってろ！」と怒声が飛ぶのもしばしばだ。

さて、三〇分も真剣に掘り進めれば、子どもたちがスッポリ隠れるくらいの穴が出来上がる。穴の横には、同じくらいの大きさの砂山。子どもたちは、砂山に登って、穴に飛び降りる遊びを繰り返す。穴の底までまっさかさま、一メートル以上の落差は彼らの身長と変わらない。穴の中の、ひんやりとした砂壁の質感は、外界から遮断された不思議な感覚とあいまって、ちょっと不安でドキドキするのだろう。

そうやって出来上がった穴で子どもたちを遊ばせておき、一メートルほど離れた所にもう一つ穴を掘り始める。こちらの穴は大きさはそれほど必要ないけれど、深く掘っておこう。はじめの穴を越えるくらい深く掘れたら、横に掘り始める。この場合の横穴は、真横にというよりは、気持ち下向きに掘っておく。硬そうに見えて砂浜は存外もろい。二つの縦穴が横穴で通じた瞬間に、天井が崩落、なんてことにならないように。慎重に、慎重に掘り進める。

さあ、いよいよ開通の瞬間！　穴の向こう側とこちら側で、それぞれ手を伸ばす。あっ、触れた！　通じた！　通じた！　ここから先はさらに慎重に。横穴の拡張作業。子どもがようやくひとり通れる大きさになったところで、ぐぐらせてみる。「キャッ、キャッ‼」「通った！」「ばあー！」と子どもたちは大興奮。あんまり興奮しすぎて、こちらの制止も振り切って、横穴の上にかかる橋の上を何度も走り回る。と、五回目であえなく崩落。穴に落ちたあゆむに、間髪入れず砂を掛けまくって、生き埋めの刑……。海って、何でこんなに楽しいんでしょうね？

「広岡さーん」待合室に看護士さんの声。

診察室には、あゆむが生まれたときからお世話になっているなじみの先生。レントゲンと心電図を見ながら、「全然問題ないね。最近はどう？」「おかげさまで元気に保育園に通っています」「はい、オッケー、オッケー。また来年ね」「はい、ありがとうございました」と、あっけなく診療は終了。

二時間待ちの三分診療だけど、あゆむの健康と、成長の様子を確認する、大切な一日なのでした。

叱り方、どうしてます？

昨年は色々なひとに怒られた。上司にではなく、取引先との会合や会議の席上でのこと。怒っている相手の真剣な様子が伝わってくるので、申し訳ない、恥ずかしい、一体どうすればと、久方ぶりの「立場なし」状態。最近の公務員には世間の風も冷たく、怒られ役が回ってくることも多いのだけど、さすがに仕事への取組姿勢を考えさせられた。

さて今回は、子どもの叱り方のお話。大地があゆむを、体格でも、おしゃべりでも追い越したわけだが、近ごろ兄貴を甘く見る場面に遭遇することがある。先日も、携帯に妻からメールが入った。午前中のメールは珍しいなと思ってあけてみると、「今夜は早く帰ってこられませんか?」とある。出がけのマンションの階段で、大地があゆむを突き飛ばしたとのこと。幸い二段ほど落ちて事なきを得たが、少し間違えれば大怪我を負うところ。妻も大いに叱ったのだが、パパからもしっかり叱ってもらいたいとのこと。

なるほど。こりゃ大変だ。心してかかろう。

と、気負って帰宅し、寝室の扉を開けると、すでに就寝の支度を済ませて大地が居た。

妻「だいちゃん、パパ帰ってきたよ。今日階段で何したんだっけ?」

大地「悪いこと」

私「大地、階段から落としたら大変なことになるんだぞ。お兄ちゃんに謝りなさい!(怒)」

大地「(反省した様子で)はーい!」

私「お兄ちゃんに『ごめんなさい』は?」

大地「ごっめんねーの、べろべろばー。（きゃっ、きゃっ、きゃっ）」
私「…（絶句）」と、一回目はあえなく撃沈。

二度目は、週末のことだ。

リビングであゆむと大地が折り紙で遊んでいた。途中からハサミを持ち出して、チョキ、チョキと仲良くやっていた。ところがいつものパターンで取り合いになる。「あっ！」と思った瞬間に、ハサミを持つ大地の手が空を切る。次の瞬間、「ギャー！」というあゆむの叫び声。駆け寄るとあゆむが目から血を流している。まぶたが切れている様子だ。「バッカやろー！なにしてんだ‼」と、はさみを取り上げる。「お前はこっちへ来い、外に放り出す！」「ごめんなさい、ごめんなさい。お外に出さないで！」と、泣きわめく大地。今度は問答無用で、ベランダに出し中から鍵をかける。で、あゆむの介抱に回った。

翌日あゆむを眼科に連れて行ったところ、角膜に傷が付いていることが発覚。もう少しで大惨事でしたねと、医者からは告げられ、正直肝を冷やした（あゆむの失明→大地も心に傷を負う→パパの注意不行き届き→父親失格！）。あゆむの眼科通いは三週間ほどで終わったものの、いろいろと考えさせられる一件であった。

それにしても「怒る」って、とてもエネルギーが要る。まず自分の中でテンションを高めなきゃならないし、ときには「怒って見せる」演技も必要になる。そして何よりも怒る相手のこと、そしてその相手と自分の関係に、真摯に向き合う姿勢が求められる。生半可な気持ちじゃ、真剣さを伝えることはできないのである。

それともう一つ、場数を踏むことも大事です。なかなかそんな場に遭遇できないときはどうするかって？　そうですね、本番に臨む前に「バッカやろー！」って、一人でこっそり練習しておくんですかね。

「死」を伝えたい

アメリカ四四万円、イギリス一二万円、ドイツ一九万円、韓国三七万円、そしてわが日本が二三一万円。これ、何の値段かわかりますか？　そう、お葬式に掛かる、いや掛ける費用なんだそうだ（島田裕巳、幻冬社新書『葬式は、要らない』より）。

二月に母方の祖母が亡くなり、昨日、祖母の暮らした金沢で四十九日を終えた。去年、夏ごろから体調を崩し、痴呆も始まり、入退院を繰り返すようになった祖母は、七人の孫と、九人のひ孫のかわるがわるの見舞いを受けながら、徐々に衰えていった。病院で越した今年の正月には、ひ孫どころか孫の顔も認識することができず、娘と何とかやり取りらしきものをしている状態であった。

自宅での介護が難しくなり、病院のベッドでたくさんのチューブに繋がれるようになる過程は、金沢で一緒に暮らしている母親から聞いていた。週末顔を出しても、すぐにとんぼ返りする自分に、介護の手伝いなんて期待されていないことはわかっていても、少しでも母の力になりたかった。可愛がってもらった子ども時代のことを思い出しながら、ちょっとでも祖母のそばにいられればと思った。そして、人はこうして老いていくのだと、命のともし火を燃え尽きさせていくのだと、わが家の子どもたちに見せてやりたかった。

あゆむは本能的な勘と死への恐怖心で、大地は怖がりながらも押さえがたい好奇心で、それぞれに感じ取ってくれたように思う。

やせ衰えていく祖母の姿を見て、あゆむは徐々に傍に寄るのを嫌がるようになり、寝たきりの病室では、足を踏み入れまいと強烈な抵抗を見せた。「老い」は劇的な変化である。特に最晩年のそれは、体の自由が利かなくなり、会話が不成立となり、食事や排泄といった生活の基本的な行為も一人ではできなくなる。体の動きが無くなり、知力が低下し、表情が乏しくなって、意識のある時間とそうでない時間の境目があいまいになってくると、そこには終末期の雰囲気が漂ってくる。あゆむはその雰囲気を敏感に感じ取り、その恐怖からなるべく距離を取ろうとしたのだろう。葬式に参列するために金沢に飛んだその日、祖母が死んでなおその雰囲気が残る家に、あゆむは玄関から先に進むことを拒んだ。寒い日で、ふとしたいたずら心からそのままにしておいたのだが、妻が抱き入れるまで、結局玄関先で頑張り続けた。

言葉を獲得している大地は、「ひいばあちゃん死んじゃったんだよね」と盛んに確認してきながらも、祖母の思い出話をしながらボロボロ泣いている母の姿を見て、「なんでおばあちゃん泣いてるの？　どうして泣いてるの？」と、トンチンカンな質問もしてきた。焼き場で最後のお別れの後、骨になって現れたその姿を見て、「ひいばあちゃん、煙になっちゃったんだよね。お空に行っちゃったんだよね」と解説もして見せた。四十九日の法要では、長いお経も我慢して聞いて、住職に「ひいばあちゃんはどこに行ったんですか」と質問もしていたっけ。

法要を済ませた後の食事会の終わり、楽しい場所やにぎやかな集まりが大好きな祖母だったと、母が挨拶を済ませると、あゆむはひいばあちゃんの写真をしっかり抱えて、親族みんなにその写真を見せて回った。相変わらず、あゆむの言葉は理解不能。でもね「ひいおばあちゃん、とっても喜んでいるよ。ほらね、とっても楽しそうに笑ってるでしょ！」って、そう言って挨拶して回っているようだった。

長じてあゆむは、血縁関係をよく話題にするようになる。父ちゃんの妹の子どもとか従兄弟の関係だとか、あの子はオレのはとこにあたるとか、あの人はおばあちゃんの弟で茨城に住んでいるとか。そして夏のお盆の時期が来ると、必ず亡くなった親族のことを話題にして「ひいばあちゃん、どうしてるかなあ」とか、「山形のお家に、じいちゃんも、ばあばあちゃんも、犬のジロウくんもみんな来ているよねえ」など、身近なものとして話してくれる。死者のことを、とても大切に語ってくれるのだ。原初的な関係性が、あゆに展いている、と思ったりする。

そんな姿勢を見せるあゆむから、「父ちゃんの子どもでよかった〜」なんて突然に言われたりすると、ふわっと幸せな気持ちになる。こうして命のバトンは渡っていくのかなと思ったりするのだ。

ハンパな理解が笑えます

夏がもうそこまで来ている。連日暑くて、蒸す。雨が降ったりやんだりで、まともな晴れ間はなく、洗濯物もからっとは行かない。梅雨特有の粘りつくような空気に、徐々に体力を搾り取られていくようだ。こんなときはよく食べて、よく寝て、冷たいものを口にしない（冷えたビールを除く）に限る。でもなあ、サッカー日本が、ワールドカップの決勝トーナメントに進んじゃったんですよね。生活のリズムも狂うって。

保育園でプールがはじまった。連日の暑さに、汗かきの大地は頭をかきむしり、あゆむは体全体に汗疹《あせも》を作ってきた。そろそろバリカンだな。「さあみんな、お風呂に入る前にバリカンするよー！」と妻から声が掛かる。すると、こんなやり取りがはじまった。「大ちゃん先にやるー」「あゆくん先ー」「大ちゃん先だよー！」「あゆくん※☆＊よー！」「じゃあじゃんけんね。最初はグー、ジャンケンポン！」「ジャンケンポン！」「ジャンケンポン！」「ジャンケンポン！」（以下三回繰り返す。二人ともチョキの連続。じれた大地が……）「あゆくん、グー出して！　ジャンケンポン！」「ジャンケンポン！」

と、勝敗がついた。しかし二人は固まったままで、ゆっくりこちらを見る。（これって、どっちが勝ったの?）と、二人の表情が聴いている。

「大地がチョキで、あゆがグーだから、あゆくんの勝ち！」

「えーっ、どうして?」と、悔しそうな大地。

「いいぇーい！」と、嬉しそうなあゆむ。

二人が理解しているのは、「ジャンケンは物事を決めるときに行う、グー、チョキ、パーの三種類がある、お互いに同じものを出すとあいこで、継続となる」。つまり、肝心のチョキが何に勝てるのかが頭に入っていないわけだ。そこで、揉め事が起こるとジャンケンの出番とはなるものの、常に審判役を必要とするわけである。

間抜けな話ついでに、こんなこともあった。ある日の朝食の話題。「大ちゃんねー、パパと結婚するんだー」「大ちゃん、パパ好きだもんねぇ」と、妻。「あゆはー、ママと※☆＊＆るんだー」と張り合うあゆむ。

ここ数日、結婚の話題が続いていて、大地がパパと、あゆむはママと結婚を希望している。保育園のおままごとで、こういった話になって、「結婚」というキーワードが登場したのだろう。大地の理解は、大人になって好きな人とするのが「結婚」というもののようだが、そろそろ正しい内容を伝える時期かと思われた。

「あのね、大ちゃん。男同士では結婚できないんだよ。大ちゃんは男の子だから、女の子と結婚するんだよ。パンダ組みで誰か好きな子いないの？」

首を横に振る大地。すると間を置かず。

「大ちゃん、ママと結婚する！」

「ありがとう、大ちゃん。ママ嬉しい」

と、当然あゆが怒り出す。

「だめー！　あゆとだよー‼」

「大ちゃんがママと結婚するの！」

「あゆだよ‼」

「大ちゃん！」

「あゆだよ‼」

うーん、まあ正しい理解に繋がってよかったんだけど、ママと結婚してるのはパパだからね！　と、これを教えるのはまた、次の機会にしましょうか……。

お手伝いしたんだー

「あゆね、お手伝いしたの」

「あゆがね、ちゅくったんだー」

「おいしいねー」

なんて誇らしげで、得意そうな顔だろうか。そこにはいつもと一味違う、夕餉《ゆうげ》の食卓があった。

「あゆくんは、どんな遊びが好きですか?」突然飛んでくる質問に、いつも少し戸惑う。それははじめて行った託児所の保育士からだったり、年配のご近所さんだったりする。車? 仮面ライダー? サッカー? それともコンピューターゲーム? 期待される回答が頭をよぎるけど、いつも答えは、

「おまま事ですかねー。最近あや取りも好きみたいですね」とまあ、あんまり男の子らしくないものになる。

夕方、保育園から帰宅すると、あゆむと大地と三人で、どこの家庭でも展開する、戦争のような時間が始まる。「さあ、まず手を洗って! 園バッグからお弁当箱を出す。洗濯物は洗濯籠に入れとけー! はい、はい、全部終わんないとテレビつけちゃだめだぞ。あゆ!! 手動かす!」

そんなふうに矢継ぎ早に指示を飛ばしつつ、お湯を沸かしてだしをとり、野菜の皮をむき炒め物の下ごしらえをしつつ、朝炊いた白米をレンジにかける。そうこうするうちに時計の針が

七時半を回ると、疲れきった大地はぬいぐるみを抱きながら床にうつぶせとなり、あゆむはキッチンで足元にまとわりついてくる。

あんまりしつこくまとわりつくので、テーブルを拭いたり、お箸を出したり、お皿を並べたりと手伝いを頼むと、嬉々としてこなしていく。終わるとまた足元に舞い戻り、

「お手伝いするー」

（うーん、じゃまだ。どっかに追っ払いたい。なんとかならないか？　えい、面倒だ、包丁使わせちゃえ！）

と、腹が決まったところで、ちょうどインゲンが茹で上がった。

「いい、まず、端っこをちぎって、ピーって筋を取る。どう、できそうかな？　やってみて」

「こお？」

「そう、上手上手。そしたら、三本ずつそろえて、四等分するんだよ。とっても危ないから、気をつけてやってね」

「はい！　（レスキューファイヤーの敬礼で応える。気合、入ってます）」

さすがに包丁を預けた手前気になるので、料理の手を緩めながら横から見ていると、心もとない手つきながらもなんとか課題をこなしていく。難点を一つ挙げると、四等分とお願いしたはずだけど、長さも数もまったく不ぞろいで、それもまあ愛嬌かなと特に注意はなし。すべてのインゲンを切り終えたところで、すりゴマと醬油、砂糖を混ぜた器に入れ、ざっくりあえて

いく。この作業ももちろんあゆむの仕事。さあできた！　ご飯と味噌汁を盛っていると、ちょうど妻も帰宅して、冒頭の四人の食卓が始まったというわけだ。

子どもって、なんでも親の真似から入る。この原稿を書いている隣には、アンパンマンのパソコン（もどき玩具）で遊んでいる大地がいるし、リビングの炬燵には専用のワープロとにらめっこしているあゆむの姿が見える。洗濯や掃除など、こっちは仕方なくやっていることでも、子どもたちには遊びに見えるのかもしれない。そんな家事のうちでも、断トツで興味を示すのが料理だ。

でもね、包丁は本当におっかなびっくりでした。まあ、何事も経験なんですけどね。危ないことや痛い目にも会いながら、あゆむもまもなく小学生になります。

お世話になりました

新年度が始まりました。園でも新入生を迎え、新クラスで、新たな日常が始まっていますね。お元気でご活躍のことと思います。

とても手のかかる子でしたが、根気よく、親身にご指導いただき、大変感謝しております。○歳児からの六年間、途中、何度も入退院を繰り返す不安定な時期もありましたが、こうして無事に卒園を迎えることができたのも、ひとえに先生方のおかげです。理解力・表現力に大きなハンディを抱え、お世辞にも立派な年長組とは言えなかったわが子ですが、素敵な友達に囲まれて、伸び伸びと幸せな月日を重ねることができました。そういえばこの六年間、一度も本人の口から「保育園行きたくない」という言葉を聞くことはありませんでした。本当に、本当に素晴らしい六年間でした。

雨の日も、風の日も、雪の日も、通園した道のりを、本人はどんなふうに記憶にとどめていくのでしょうか。バギー登園が自転車に替わり、途中から弟も入園した時期が、親としては一番大変だったように思います。当時はまだ満足に歩くことができず、歩行器を使って園庭を走り回っていました。その翌年の運動会だったでしょうか？　コース一周徒競走で、一番最後にゴールした彼を、会場全体が割れんばかりの拍手で迎えてくれたあの一瞬。歩行器につかまりながら見せた、本人の誇らしげな表情が重なり、今でも鮮明に思い出します。

卒園記念に製作・配布したＤＶＤ、半日仕事を休んで園にお邪魔しましたっけ。子ども達の日常の姿を追いかけ、と同時に、先生方の指導する姿もカメラに収めました。あの日、やけに泣き出す子が多かったのは、カメラの前でいいかっこうをしたくて、それがうまくいかなくて流した悔し涙だったようですね。もちろん、涙の場面の大半は編集でカットしましたが、彼らの心の葛藤が余すところなく映し出されて、とても貴重な映像になりました。そうそう先生方へのインタビューも、保護者には好評でしたよ。「卒園後、もう一度子ども達と会うとしたら、どんな時期がいいですか？」との問いに、「一六歳。一番人生に悩んでいる時期だから」との回答。ああ、やっぱり先生なんだなあ、とみょうに納得しました。あゆむはこのＤＶＤが大のお気に入りで、友達の姿を見て「ヨシちゃんだ！」と喜び、先生方のインタビューを見て「ありがとうございました」と、画面に向かって頭を下げています。

それにしても、卒園式ではお恥ずかしいところをお見せしました。保護者がひとりずつ子どもに向けて語りかけるあの場面、用意してきたコメントをさらりと述べて、スマートに締めくくるはずが、ずいぶんと長い時間言葉に詰まっていたようです。「しっかり！」と、声が掛からなければ……。あの夜の懇親会で、声をかけてくれたパパ友からは、「ひっでぇ、進行妨害！」と散々からかわれました。

先生にはずいぶん長い間お世話になりました。これまでの感謝と、これからのあゆむのことをあらためてお願いして、筆をおきたいと思います。お体にお気をつけて、ますますのご活躍を祈念いたします。本当にありがとうございました。

大切な食事の時間

「うまいものを食わしてくれる大人の言葉だけは、子どもはよく聴く」のだそうだ。誰の言った言葉だか知らないけれど、そうだなと思う。

ミルクしか飲まない赤ん坊から、幼児期を通じて、食事の中身やその仕方で、子どもの成長がよくわかる。母乳の摂取量とおしっこの量を正確に計量されていた病院のＮＩＣＵ（新生児集中治療室）時代にはじまり、三時間おきに要求される夜中の授乳や徐々に固形物が食べられるようになる離乳食を経て、アレルギーに気を配りながら使用する食材が徐々に増えていき、辛口カレーやわさびなどの刺激物を除きほぼ大人と同じものを食べられるようになる幼児期。そして中学生にもなれば、辛子やラー油、多様な香辛料の味を覚えていく。そこまでくれば、二人でカウンターに座ってビールのグラスを傾けるようになるまではもう一息、と言うところだ。

子どもに食事を作ることが、本当におもしろいなと思ったのは、あゆむに離乳食を与えるようになったころのこと。

お粥に野菜のペースト、味噌汁に豆腐。どれもとっても薄味で、手間ばっかりかかる代物だけれど、あゆむはそれを本当に楽しそうに食べた。

こちらも離乳食づくりなんてはじめてのことで、一緒に食事を楽しむなんてことはとてもできず、まるで専属料理人のように、食事の世話をしながら、あゆがうまそうに口に運ぶのを見ていたように思う。本当は見ているなんて余裕はほとんどなくて、手でつかんだり汁をこぼしたり、そこらじゅうぐちゃぐちゃにしながらの食事に振り回されるばかりなのだが、なんだかとっても楽しそうで、こちらの方まで愉快な気持ちになった。

粥の舌触りの驚き、握りつぶした豆腐の感触を楽しみ、お椀の底をのぞき込んでは、スプーンを遠くにほおり投げてみる。野菜の煮汁を舌で転がして、芋のかけらにフォークを突き刺し、たたいた陶器の皿の音にびっくりして笑い転げる。乳幼児期の食事は、五感でフルに楽しむ遊びの時間だ。はらはらしながら、こんな時間を一緒に過ごせるのだから、子育ての醍醐味が、ぎゅーっと詰まった時間でもある。

食事の時間はまた、マナーや習慣を伝える時間でもある。

箸の使い方や茶碗の持ち方を覚えるのは、誰しも食卓においてだろう。食事の時間中はテレビは消す、出されたものは残さず食べる、食べ終わった食器は自分で流しまで運ぶ、一度も口を付けずにいきなり醤油をかけるのは作った人に失礼、などなどの食事にまつわるルールを覚えるのも同様だ。

また、ご飯はかめばかむほど甘くなるとか、旬の野菜は安くて旨いだとか、新米は水を少な目で炊くことなんかも知らず知らずに教わるし、魚の骨のはずし方や卵の殻の剥き方、蕎麦とパスタのマナーの違い、お好み焼きやたこ焼きの返し方なんかも見よう見まねで覚えていく。

あゆむが中学に上がったころに、こんなことがあった。徐々に体ができてきて、食事の量が増えたあゆは、同時に旨いもの、好きなものを中心に食べる食生活に偏りつつあった。それでも出されたものを残さず食べている間は良かったのだが、そのうち、彼の嫌いな味噌汁だけ残すようになった。ある日の昼食で、好きなおかずや白米はお代わりするくせに、味噌汁はまったく手を付けずに残そうとするので、ちゃんと飲むようにいうと、顔をしかめながら飲み始めた。それだけでも見ている方は気分が悪いのに、なんとえずき（嘔吐）だしたのだ。

「イヤだなぁ、イヤだなぁ」という自己暗示が、次第に体の反応を引き起こし、しまいには本当に吐き気をもよおしてしまったのだろう。まあ分からないでもないが、さすがに見逃すわけには行かない。

「あゆむ、そんなにイヤならば飲まなくてもいい。これからおまえの食事は作らないから、そのつもりでいろ！」と。

さてその日の夜のこと。夕飯はあえてあゆの好きなメニューを作り、食事の時間になった。当然、食卓にあゆの分はない（というか用意していない）。あゆは怒る。こちらも引かない。本当に自分の分が用意されていないことがわかり、騒ぎはじめるが、こちらも引かず「ないよ」の一点張り。そのうちあゆが泣きだすが、そう簡単に許すわけにもいかない。楽しいはずの夕食の時間が、かなり異様な雰囲気だ。

と、そこに大地が助け船を出した。「あゆ、お昼に味噌汁飲まなかったでしょ。パパに謝った？　ちゃんと謝ろうぜ」と、かなり深刻な様子。「ちゃんとさ、謝ってさ、一緒にさ、うっ、うっ、うぅぅぅ……」なんと、大地が感極まって泣き出したのだ。「ちゃんとさ謝って、美味しいごはん一緒に食おうぜ」。いい奴だな、大地。いい弟を持ったね、あゆ。結局あゆが謝って、事なきを得た。

食事の時間は、大好きな料理の奪い合いや会話の主導権争いなど、喧嘩やさまざまな駆け引きの場にもなる。

ハンバーグの大きさや唐揚げの数、カレーのお代わりの順番からデザートに出る果物のチョイスまで、親としては十分に用意しているつもりでも、どうしても隣の芝生は青く見えてしまうのか、必ず諍いが勃発する。

その場合の決着の付け方がまた興味深い。

まずはどちらが先に意思表示をしたのか、つまり先着順。どれだけ食事の用意のお手伝いをしたのか、つまり正当性の主張。それでも決まらなければ、昨日の食卓の様子を持ち出し、今度は自分の順番である旨を主張する手もあるし、ジャンケンで決着を付けることを提案する場合もある。一度所有権が決まった後も、そう簡単には済まない。納得がいかず、ジャンケン三回戦の延長を申し込んでみたり、負けてなお二等分を主張してみたり、とにかく不満をぶちまけてゴネまくり、最後は泣いてみせるという荒技もある（相手が根負けしてくれたら儲けもの）。いずれの場合も双方、相当の覚悟で勝負を挑むため、なかなかに見応えがある。

交渉や討論の良い練習だなあと思う。ある一定のルール（この場合は、食卓の輪を乱しすぎないこと）のもと、できる限り自分に有利な条件を引き出そうとする。

会話の主導権争いもおもしろい。

それぞれに伝えたいことがあるのだ。

主に学校や習い事、友達の様子が中心だが、自分が話しているところに割って入られるとすぐさま相手にかみついて牽制をする「黙って！　まだぼくが話してるんだよ」。この場合も、自分の話をある程度聴いてもらえたら、次は相手に譲るなど、会話をつないでいく上での一定のルールは共有されている。

食卓での子どもたちの話は、子どもたちの日常がかいま見られて、親にとっては大切な情報収集の時間になる。学校生活に変わったところはないか、友達とはうまくやっているか、部活や習い事の今月の課題・テーマは何なのか、今の小中学生の間でなにがはやっているのか。先を争うように提供されるさまざまな話題の中から、彼らの日常の様子や些細な変化にアンテナを張っておく。

きっと自分の両親も同じことを考えながら、夕餉の食卓を囲んでいたのだろう。小学生のころはなんだか不思議だったものだ、はっきり伝えたつもりもないのに、担任の先生が何となく苦手だったり、何人かいる友人の中で誰と一番仲がよいのかを、突然言い当てられたりしたのだから。でもそれは「なんでも見ていてくれるんだな」という安心感にもつながっていたように思う。


人間は食べなければ生きられない。

子どもは、食べることで体をつくり成長していく。

と同時に、子どもは食べることを通して親の生き様を知る。なにが美味しくて、お腹がいっぱいになり、そのためになにが必要で、なにをしてはいけないのか。うちの食卓のルールを知り、運用に長けていくことで、どうしたら叱られずに食事の取り分を増やせるのかが分かってくる。そうして家庭の外のことも学んでいくのである。

いずれ子どもたちも知ることになる。

実はわが家の食卓は必ずしも世間のスタンダードではないということを。世の中には、他にもたくさんのルールがあり、土地や文化によって食事の仕方もさまざまであることを。もしかしたら自分の育った家庭は、他と少しずれていたけれど、それでもとっても暖かく楽しかったなんて思い出してくれればいい。それは別に家庭が貧乏だったり、裕福だったりしたからではなく、両親が自分たちのためにさまざまな工夫をしてくれていたからなのだと。

3章
小学生のプライド

二〇一一年四月、あゆむは地元の小学校に入学した。保育園が至れり尽くせりで、成長に合わせた体制を敷いてくれていたので、卒園には不安もあった。一方で、保育園が好きで、先生も友達も大好きなあゆむは、だからこそみんなと一緒に小学校に行けることを楽しみにしていた。いまだにふとした瞬間に保育園時代のことを口にし、卒園のビデオを引っ張り出してきては鑑賞しているあゆむは、保育園という大切な場所で徐々に力を蓄えてきたのだろう。

小学校生活に対する親の様々な心配は、結局杞憂に終わる。サポート級（特別支援級）と交流級（一般級）を行き来しながら、保育園とほぼ同等の先生方の支援体制を得て、あゆむの新生活は順調な滑り出しを見せる。

巨大なランドセルを背負って通学路を行く後ろ姿に不安を感じつつも、どこか誇らしく見守ったものだ。地域の登校班の歩く早さについていけないあゆむは、障害児福祉の送迎サポートを受けつつ通学し、授業終了後はわくわくプラザ（希望者全員が通える放課後の学童保育）に行く生活が始まった。

そして九月、わが家に第三子、七海《ななみ》がやってくる。

美術館に行こう！

子どものころ、父によく美術館に連れて行かれた。父は古代の文物、とりわけエジプトや中国のそれにご執心で、「エジプトの秘宝展」や「秦の始皇帝展」がはじまると決まって家族連れ立って出かけた。黄金のツタンカーメン像や、一体一体の表情まで細かく作りこまれた兵馬俑など、美しさ・驚き・不気味さがミックスされて記憶に残っている。

ただもう一つ残っていることがあって、「美術館ってすごい人混み、疲れる」ということ。連れて行かれたのが人気展だということもあるのか、記憶の中の美術館はどれも大勢の人でにぎわっている。子どもの身長で群衆をかき分けていくのはかなりの覚悟が必要で、お目当ての美術品にたどり着くのは大変だった。そのため後年、遊びに出かける先の選択では、しばらくの間「美術館」「博物館」「水族館」などの閉鎖空間に展示する形態の場所を避けることとなる。

「美術館って割と面白いかも」と気づくのは、二〇代も後半になり、現代アートに出会ってから。アートというと、近寄りがたいイメージもあるが、とりわけ現代アートではそれに得体の知れない訳の分からなさが加わる。「得体の知れない訳の分からなさ」の中に、現代社会への批評や批判、平凡で退屈な日常からの逸脱が入ってくるので、理解できる／できないがごちゃ混ぜになって、結局、自分なりに勝手に解釈して楽しむ、というところに落ち着く。勝手に解釈できるという幅が自由だなあと思うし、なんだか嬉しい。そういえば大人になって気づいたことがもう一つ。美術館って、いつもは閑散としているのね、ということ。モネやピカソなど、よっぽど人気のある作品が来ていれば別だけど、それ以外の美術館、とりわけ平日のそれはびっくりするぐらい静かで、鑑賞者もまばらだ。これもまた美術館の魅力だと思う。なにしろこれだけ広い空間を独り占めできるのだから。

さてそんな美術館に、小学校一年生と保育園の年長、年中、あわせて四名のやんちゃ坊主（うち二名は、昔から仲良くしているAさんちの子ども）を連れて行った話。

ターゲットは川崎市市民ミュージアム。ちょうど「ユーモアのすすめ　福田繁雄大回顧展」なる企画展の最中で、読売、朝日をはじめ新聞各紙が文芸欄で取り上げる、力の入った展示である。ミュージアムのHPには、日本を代表するグラフィックデザイナー・福田繁雄（一九三二－二〇〇九）の説明として、「彼の見たこともないようなアイデアや視覚のトリックは、新しいユーモアの感覚を喚起させるもので、今なお新鮮な驚きを私たちに与えてくれます」とある。個人的に見ておきたいのに加え、子どもたちに見せてみたい。四人の悪童は福田作品に、どのような反応を示すのか……。

四人とも美術館初体験であったため、入館前に二つの約束をした。一つ、作品には絶対に触らないこと。二つ、大声を出したり、走り回ったりしないこと。以上の約束を守れたら、終了後好きなジュースを買ってあげる！　まあ、あんまり効果は期待できないけれど、やらないよりはまし。四人で一斉に騒ぎ出したら、さすがに収拾がつかなくなる。

さあ、子ども達と指切りをして、トイレを済ませたら、いざ入場だ。

はじめは割と軽い感じのポスター作品が並ぶ。色使いがビビッドで、だまし絵的なものもあるが、四人は作品の意味がいま一つつかめていない様子。「あっー、この顔へんなのぉ。ドクロじゃねぇ？」と幼い反応を示すだけだ。まあいいや、適当に見せておこう。大人の解説は一切なし。何しろガラスケースに収まっているから、手を触れる心配がなくていい。

と、油断していると、隣の展示室で歓声が挙がった。「なにこの車！　すっげー！　なんでこんなになってんの！？」といたく興奮した様子。部屋を覗くと特に変わったものはなく、乗用車のオブジェが正面を向けて飾ってある。でもちょっと変だな。立体に見えるけど、平面的な感じもするし。オブジェじゃなくてただの写真？　と思って近寄ってみると、立体的に見えた車のオブジェは、厚みのほとんどないパネルだった。

「こっちもすげー、なにこれ、どうなってるんだ？」と再び部屋の奥から歓声が挙がる。こんどは、同じ乗用車が横を向いて飾ってある。一瞬立体に見えるが、やっぱり平面のパネルだ。と、感心する間もなく、A家の次男坊がパネルに手を伸ばす。「こら、触っちゃダメだって言っただろ！」と、頭をスパン。

すると間髪入れず、A家の長男坊が大地と連れ立って、別の立体作品の囲いを乗り越えようとするのが目に入る。「バッカ野郎！　さっき約束しただろう。柵を越えちゃダメなの」と、それぞれの頭をパンパンはたく（まずいな。収集つかなくなってきた。保育園状態だ。そろそろ出口のほうへ移動しよう）。

いくつかの作品をすっ飛ばし、最後の小部屋に四人を押し込む。

「はい、ここを見終わったらジュース買おうな」なんて言いながら、薄暗い部屋に足を踏み入れると、なにやら小さな金属片で作った巨大な置物が中央に鎮座している。その横にはレバー。これを動かすと、置物の後ろにおかれた証明が点く仕掛けのようだが……。

「おー、すっげー。なんじゃこりゃ！　バイク、バイク！　カッケー!!」

（おー、確かにこれはすごいな。照明を浴びて、置物の前面に大型バイクの影が浮かび上がった。どんなふうになっているんだろ。これは不思議だ）。

「なにこれ、どうなってるの？　オレにもやらせて！」「次はオレの番」「違うよ、順番だよ！」「早く代わってよ！」「ヨシやりすぎ！」「まだはじめたばっか!!」「あー、スプーンだ」「フォークもある！」「あれ、包丁じゃね！」。と、小部屋いっぱいに甲高い声が響き渡る。

（あー、確かに。小さな金属片は、ナイフとフォーク、スプーンなんだ。これを組み合わせて、大きなバイクを形作っているんだ。しかも正面から見ると、金属片の塊にしか見えない。よくできてんなぁ）。

と、福田作品に浸りきっていると、ミュージアムの監視員がすごい形相で近づいてきた。「ほかのお客様のご迷惑になりますので、申し訳ありませんがお引き取り願えませんか?」

「あ、はい。申し訳ありません」(「お静かに」じゃなくて、「お引き取り」なのね。まあ、そりゃそうだよな)。

こんなふうにして、ガキんちょ四名は美術館初体験を無事(!?)済ませたのでした。

まあ、君たちもいずれ彼女ができたら二人で、気に入った作家の展示会に行ってみなさいね。

「美術館は静かに鑑賞するところ」なんて言われるけれど、最近は「おしゃべり美術館」なんていうのもあって、会話ぐらいは許容する風潮も出てきているんだって。「対話型鑑賞」といって、作品の感想を自由に語り合うんだそうだ。といっても、作品に触れるのはやっぱりNGなんだけど。一〇年後? 一五年後? いやいや、そんなに先のことじゃないのかも……。

衣食足りて親となる

バン、バン、バン、バン
「うっー、うっー」
両手をベビーチェアの食事台に叩き付けながら、七海が唸る。
「パパぁ、また七海が怒ってるよ」

バン、バン、バン、バン
「うっー、うっー、うっー（早く！早く！）」
「はい、はい。あーんしてね。ご飯だよー。美味しいかな？」
あわてて離乳食を口に運んでやると、落ち着いたのか、途端にご機嫌になってキャッ、キャッと笑い出す。ふー、ひと安心。こっちも少し食事をさせてもらおう。

生まれて半年が過ぎ、うっすら歯もはえてきた七海は、朝・夕の食卓に参加する機会が増えた。離乳食を準備する手間はかかるけど、これまでになくあわただしくて、にぎやかな時間だ。五人で食卓を囲んでいると、昔からイメージしていた家族の光景は、まさにこういう姿なのだと思う。七海が入って、「そろった！」という感じだ。

と、ひと息つく間もなく「うっー、うっー、うっー」バン、バン、バンが……。

週四日休む、なんちゃって育休（月、水、木のみの勤務）に切り替えて、はや二か月が過ぎた。この間職場には大いに迷惑をかけたけど、妻の仕事復帰と、自分の育児参加を両立させるギリギリの選択だったと思う。正規の育児休業ではないので、有給はものすごい勢いで減っていったけれど、その分給料はいつも通り出るし、役所の仕事も何とか回っているし、たまにはこんなのもいいかな、なんて。三人の子どもたちと過ごす時間が長くなり、もちろん七海とはずいぶん仲良くなった。ただ、育休スタート時は、かなり大変だったのです……。

パパの育児参加がどの程度のものか、「おむつ替えの様子で分かる」なんてことが言われたりする。おしっこまでは替えられるけれど、大はＮＧ。おむつを開いて、うんちを確認した瞬間に「おーい、頼むよー」なんて、ママに声が掛かる。そのほかにも、赤ん坊と二人きりでどのくらいの時間過ごすことができるか（赤ちゃんをパパに預けて、ママは美容院に行けるかどうか？）なんていうのも、バロメーターの一つになりそうだ。

これは赤ん坊の基本的な欲求である「空腹サイクル」が、大きなポイントになっていて、この部分をママに握られている分には、パパの育児はいつまでたっても「参加」の域を出ることができない。赤ん坊の空腹サイクルは、だいたい三時間を基本にしていて、ミルクを飲んでから三時間立つとおなかがへってくる。これは昼夜あまり変わりがなくて、母乳育児の場合、母親は毎夜三時間おきにたたき起こされるわけだ。

育休開始当初の七海は、一〇〇パーセント母乳で育っており、ミルクは一切受け付けなかった。どんなに温度を調整しても、粉ミルクのメーカーを変えてみても、哺乳瓶の吸い口を交換しても、七海は頑としてミルクを受けつけない。そんなに手間ではないとはいえ、子どものために作った食事を、目の前で吐き出されて廃棄しなければならないのは、結構こたえるものである。

そのため、妻が出勤する直前まで授乳してもらい、三時間おきに妻の職場を訪問する、という羽目になった。自宅から登戸の職場まで、車で五分。たいしたことないように感じられるが、これが日に二回、毎日となるときつい。何しろ一度泣き出すとどうにも手の施しようがないため、こちらとしてはどうしても落ち着かない。七海のおなかの満足具合に常に意識がいってしまい、「十分におっぱいは飲めたかな？　足りなくてすぐに泣きだすんじゃないかな？」と、いつも気になるのだ。

でもそんな不安な時期も、一か月がたつ頃、ようやく終わりを迎える。二月初めの金曜日、とうとう七海が哺乳瓶からミルクを飲んでくれた。

やった！　飲んだ！　飲んでくれた！　うれし!!　キャ!!　ねえ、見て、見て！　七海が飲んだよ！　七海が飲んだ！　七海がミルクを飲んだよ！

と、さすがに大騒ぎはしなかったけど（だってその瞬間は、誰も聞いてくれる相手がいませんから）、喜びはひとしおだった。自分の作ったミルクを無心で飲み、欲求が満たされた顔で、そのまま眠りにつく七海。そんな満足そうな寝顔は、これこそ育児の醍醐味、赤ちゃんがパパにくれる最高のご褒美に思えてくる。

結論、一〇〇パーセント母乳育児は、パパには不利。赤ちゃんとの信頼関係構築のために、世のお父さんたち、「授乳権」を確立させようではありませんか！　と、本気に思うのでした。

あゆのプライド

あゆむの小学校一年生が終わろうとしている。

ほとんど風邪もひかず、登校を嫌がることもなく、一年間楽しく通えた。遊び慣れた保育園とは異なる環境に身を置き、終業後のわくわくプラザ（放課後指導教室）や、サポート級と交流級（普通学級）の行き来など、不安になる瞬間も多かっただろうに、よくやってきたと思う。先生や友人、わくわくプラザの指導員など、たくさんの人たちに支えられてきたことに感謝するとともに、あゆむ本人の力も感じさせられる一年だった。年に二回いただく通知表には、「歩睦くんの前向きで意欲的な姿勢」という表現が何度か登場する。みんなと一緒にがんばろうとする気持ちは、確かに彼の長所だと思う。

一年生の教科書を開いてみると、国語では一〇頁にもわたるお話が載っていて、簡単なものには読み仮名を振らない状態で漢字が使用されている。算数では二桁の引き算や、分単位までの時計の読み取りが課題になっている。一方であゆむの実力はといえば、ひらがなの読み書きがようやく一文字一文字なぞるようにできるのと、算数は数字を一〇まで数えるのが精いっぱいというレベルだ。しかも少々油断すると、自分の名前ですら「ひおかあむゆ」と書いてくる（それらしく読めるので微笑ましいが……。二か所も間違ってるし！）。一年生にして、交流級の授業内容は彼の能力を大きく超えてしまっていることがわかる。

そんな様子にもかかわらず、それでもあゆむは学校の宿題を何とかこなして登校していった。親が促してようやく机に向かう状態だから、分量でいえば全課題の半分程度、提出回数

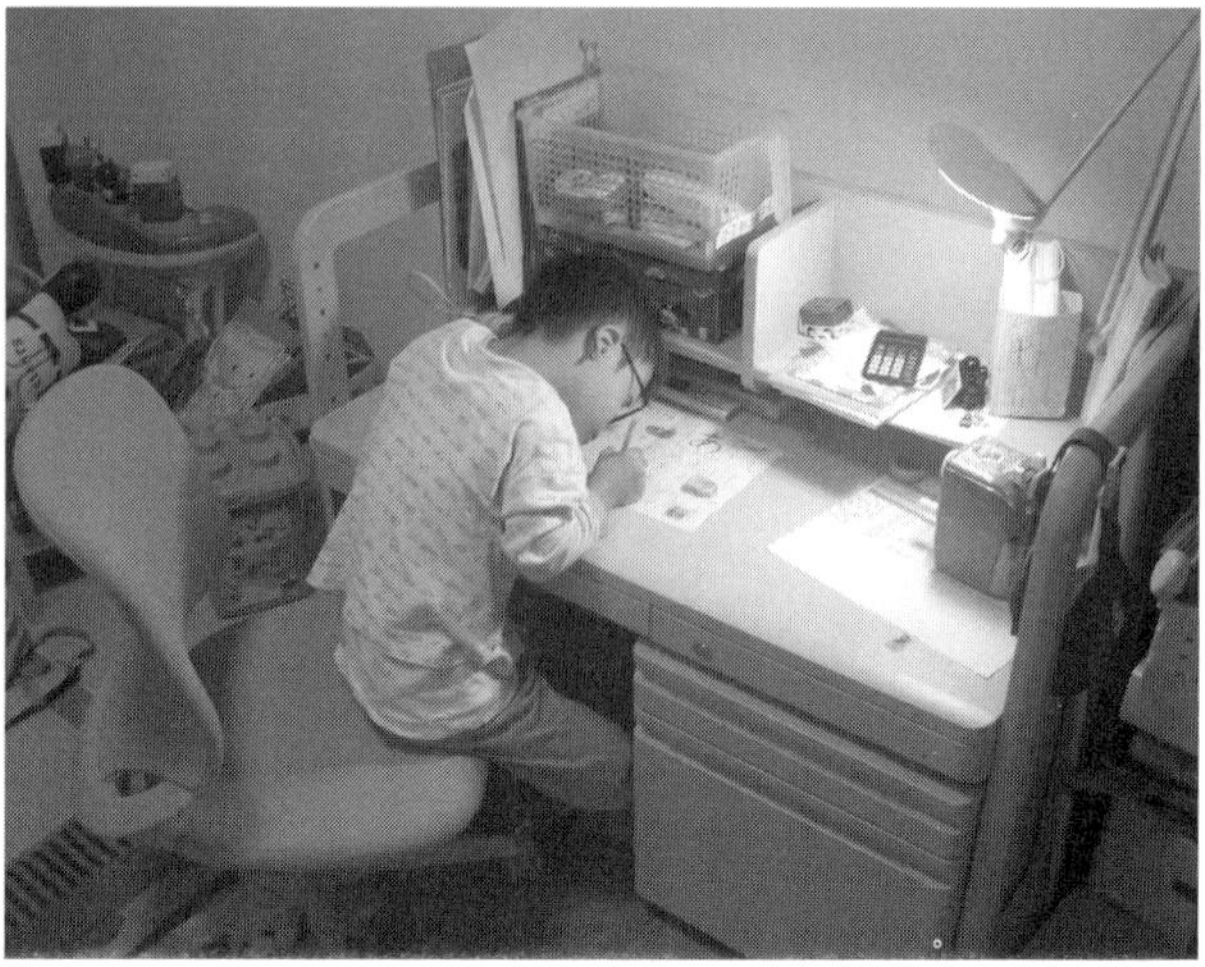

勉強机にむかう、2012月4日

にしても三回に二回ほど、正答率は一割というお寒い状態だが、それでもできることは努力していたようだ。以前にも書いたが、あゆむの勉強面についてはほとんど何の期待もしていなかった。というか、入学前は彼が勉強する姿をイメージすることができなかった。だから学習机に向かい、鉛筆を握って、何やら懸命に書いている姿には本当に驚いたし、またショックを受け、そして少なからず感動を覚えた。自分はあゆむの力を舐めていたのだと思う。

あゆむの宿題については、かねてからの疑問があった。交流級の宿題に加え、サポート級でも宿題が出る。いくら出来が悪いからって、他の子の倍の量は無理がある。案の定、両方の宿題が出ている日は、どちらも中途半端な状態で彼は登校していった。この件については、妻が謎解きをしてくれた。

「ほんとうはねえ、交流級の宿題はやらなくてもいいのよ。サポート級のほうだけで十分って、先生からは言われているの。でもね、あゆはみんなと一緒がいいからって、交流級の宿題もやっていたわけ」

「へえ、そうだったんだ。知らなかった」

「まあ本人がやりたいんだからいいんじゃない。Nちゃんたちと一緒がいいのよ」

ちょっと頑固だけれど、まじめで前向き。

わが息子ながら、なかなかどうして「いい奴」だと思う。そして彼の想いと、頑張りから垣間見えるプライドにも気づかされる。そんなことも分からなかったなんて、パパはまだまだだなぁ。ちょっぴり嬉しくて、ちょっと反省の春。

こんなはずでは……

「生活保護三兆円の衝撃（NHKスペシャル）」「次長課長、キングコング母親が生活保護受給！」「生活保護くん（ビックコミック スピリッツ「闇金うしじまくん」）」などなど……。

景気が上向かず、失業率が高止まり、国会が落ち着かない。そんな世相を反映してか、昨今、生活保護をめぐる話題が世間をにぎわせている。不正受給の取り締まりや、扶養調査・資産調査の徹底など、生活保護受給者に対する風当たりがこれまでになく厳しく、と同時に行政マンに対するバッシングも激しさを増している。

そんな中、この春めでたく異動になった。「生活保護・自立支援室企画担当係長、麻生区保護課就労支援担当係長兼務」。新設のポストに加え、一二年ぶりの区役所の現場で、生活保護受給者を就労に結び付ける仕事もオマケでついてきた。突然福祉の最前線に投入されたわけです。久しぶりの福祉、念願の健康福祉局なので、エンジン全開モードです。

と、時を同じくして七海が保育園に入園。妻も職場復帰をして、こちらもエンジン全開で走り出した。妻は今年から、勤務先であるＮＰＯ法人の事務局次長を仰せつかり、五人五様にあわただしい広岡家の春となったわけです。

仕事も育児も忙しく余裕のない日常が続くと、心配になるのがそれぞれの体調管理。土日もお互いに仕事が入るような日々が続いてくると、親が疲れてくるのはもちろん、子ども達にもしわ寄せがいき、結果学校や保育園をお休み、という事態になる。それは避けなければと何とか仕事も家事・育児もやりくりをしつつ、「六月には少し休みを取って、宮崎旅行にでも行こう」なんて話をしていたわけです。四月、五月と大崩れせず乗り越えて、さあ六月、もうひと頑張りしたら一息つけるというところで、来ました、来ました「溶連菌」。あゆむ、大地、七海と順番に罹患して、保育園仲間やご近所さん、はては妻の実家にまで協力を仰ぎ、なんとかかんとかたどり着いた宮崎出発の当日朝。

あゆむも大地も体調良し。七海の熱も下がって、なんとかなりそう。よし、せっかくだ、行っちゃおう！　と、決めたところで、助っ人に来てくれていた義母がダウン。大人が溶連菌にかかると大変らしく、「とにかく熱が高くて動けないから、寝かしておいてもらうね。あとは自分で何とかするから」という言葉を真に受け、薄情にも病気の母親を一人残して南国へ旅立ったのでした。

でもね、悪いことはできませんねえ。どこかで神様がご覧になっているんだなあ。高熱でフウフウ言っているおばあちゃんを残していくなんて、ばちが当たったって当然。

楽しい旅行から帰宅した月曜日、妻がどことなく様子がおかしい。「あたしご飯いらない。ちょっと先休むね。なんだか熱があるみたい」って、それ、もしかして溶連菌？　なんで今更発症するの？　とりあえず、一通り終わったはずじゃん。明日から、おれ等どうすればいいの？　と、いくつものはてなマークは、もちろん答えなんて一つしかなくて、次の瞬間からすべてが自分の肩にのしかかってくる。「病人」と「赤ん坊」と「障害児」と「保育園児」を抱えて、出勤＆お迎え＆料理・洗濯・お風呂＆夜泣き対応、するわけですよ。洗濯は一日二回、料理は三種類（病人食、離乳食、普通食）、夜は三時間おきにミルク、送り迎えは自転車一台に子ども三人、すっごいですよね。結局、妻が復活する金曜日までの四日間、茨城のおばさんが一日来てくれた（ただし泊まりなし）。他は、なんとかなっちゃったんです。もちろん、山形の義母に来てくれなんて、口が裂けても頼めませんから。

こうやって書いてしまうと、なんだかあっという間なんだけれど、それでも仕事と違って辛かったことが二つ。一つはまともに眠れないことと、もう一つは愚痴る相手がいないこと。家事や育児って、職場で愚痴るわけにもいかず（だって、職場には迷惑かけているわけですから）、家で愚痴るべき相手は病で臥せっているわけで、何とも孤独な戦いを強いられた。

そもそも家事・育児って、誰かに評価をしてもらえる種類のものではない。どんなに過酷な環境で創意工夫を凝らし、目の前の課題を乗り越えたとしても、誰もほめてはくれない。「おれ、よくやったぞ！」と、自分で自分を鼓舞するぐらいが関の山で、それが時に物足りないなあとも思うけれど、まあ仕方がない。それが大人になる（＝子どもを育てる）ってことなのだろう。まあでも、やっぱり、ときには愚痴りたくなりますね。

七海のおむつを替えながら、「あれっ、またおむつ替えてる。これって、一度終わったことなのに……」とか、「離乳食って、なんでこんなに面倒なんだろう。早く同じもの食べてくれないかなぁ」とか、五年ぶりの赤ん坊は、忘れてしまっていることが多くて、ちょっぴり「こんなはずでは」な感じなのです。

七海が生まれてくるまでは、「一家団欒楽しい夕食の図」とか、「家族で行く二泊三日の温泉旅行」とか、「ベビーカーを押しながら子ども服売り場でショッピング」とか、まあ幸せなイメージだけが浮かんでいたわけです。でもね、赤ん坊って、大変。忘れたけど、ホント大変なんです。いつになったら楽になるんだっけなあ。もうすぐ一歳だけど、まだまだ先は長いんだよなあ。七海の笑顔に導かれながら、かつて来た道を、三度たどる育メン道、なのでした。

子どもって、役立たず!

昼に作ったカルボナーラとミートソースをバカ食いしたせいで、どうやらあまりお腹は減っていないらしい。夕飯時、エプロンをつけたあゆむが、丸い小ぶりのお盆を片手に持ち「今日は、ぼくがお世話をします!」と言い出した。食卓には着かず、お給仕をしますよという宣言で、皿や箸を並べたり、醤油を冷蔵庫から持ってきたりと、こまごまと働く。食欲がないならば和室で遊んでいてもよさそうなものだが、そうはしないのが彼の人懐っこさ。おままごと好きからも分かるように、レストランのウエイトレス・ウエイターは、どうやら憧れの職業の一つであるようでもある。ちなみに小学校二年生のクリスマスプレゼントはレジスターセット。いろんなものにバーコードリーダーを押し付けて楽しそうに遊んでいる。

わが家の男子二名は、わりとよくお手伝いをするほうだと思う。

学校・保育園から帰宅すると、以下のことをやらされる。1. 手洗い・うがい、2. 洗濯物をカバンから出し洗濯かごへ入れる（七海の物を含む)、3. 弁当殻を流しにおく、4. 連絡帳とお知らせをパパ（もしくはママ）に渡す、5．ベランダの洗濯物を取り込む、6．風呂の栓を抜く、7．食卓を布巾で拭く、8．取り皿と箸を並べる、9．七海が泣き出したら遊んであげる。以上をこなしたうえで、なお夕食までに時間があればテレビを見ることができる。

自分のガキの頃と比較をすると、本当によく躾けられているなあと思うけれど、まあ、うちには専業主婦がいないのだから仕方がない。家事においては、子どもたちも立派な戦力である。

さて、そんな彼らの様子を見て、この夏ふと思いついて実行したことがある。キャンプだ。それも地べたにテントを張って一晩過ごすという本格的なやつである。先に白状しておくけれど、自分自身はキャンプの経験はない。小学生時代に地域の子ども会でキャンプ場に泊まりに行ったことはあったけど、飯ごう炊飯でカレーを作って、バンガローに寝泊まりした程度で、寝袋やテントは未体験。だから知り合いにこのアイディアを話すと、決まって笑われた。「いきなりはキツイんじゃないの？」とやんわりたしなめられる場面もあった。

でもね、アウトドアショップに行くと今のテントは、安くて、軽くて、簡単に張れて、しかもかっこいいんですよ。床に敷くエアマット二枚と合わせて四万円でおつりがくる値段で、これに友人から借りたバーベキューセットやカンテラがあれば一通りの機材はそろう。行く先は神奈川県立「芦ノ湖キャンプ村」で、テントスペースは八月でも割と楽に予約が取れる。さすがにテント張りの練習は必要と判断し、前週に六畳和室に設営して、模擬キャンプを実行。もうこの時点で子どもたちのテンションは上がりまくり。結局エアマットに空気を入れるのに手間取って、設置に二時間かかったものの、その夜は自宅にテントという変わったシチュエーションで眠りについた。

さてさてキャンプ当日。キャンプ関連機材に加え、夕食の食材や夜の防寒、虫よけ、健康保険証まで万全整え、大地の「カブトムシを捕まえる！」という固い決意表明もなされ、いざ出発。お盆過ぎのウィークデイは道路の混雑もなく、ちょっと遅めの昼食を取ってキャンプ村に入る。事務棟で手続きを済ませ、リアカーを借りてキャンプスペースへ。

キャンプですべきことは二つ。寝床づくりと食事の準備。つまり、テント張りとバーベキューだ。二人に手伝わせれば、それほど苦労もないだろうと高をくくっていたのだが……。

まず、湖畔のキャンプスペースにつくまでに時間がかかった。大量の荷物をリアカーに積み込むので、かなりの重量になる。これを後ろから押させるのだが、気付くと二人の姿がない。「あっ、トンボ！　あゆ、来い！」と、大地の声が掛かる。と思うとバッタを追いかけてあゆむの姿が見えなくなる。テント張りも、明るいうちに設営を済ませたいこちらの焦りを尻目に、いつの間にか野球が始まり、怒られると空気を入れる途中のエアマットに飛び乗って邪魔する始末。夕食の準備では、さすがに火を扱わせるわけにいかないので、水場の場所を教え野菜を洗ってくるように言うと、しばらくして帰ってきて「パパごめんね、蛇口が届かなくて洗えなかった……」とのこと（キーッ！　なんもできないじゃん！　一から一〇までこっちがやんなきゃなんないのかよ！）。そして一番困ったのはトイレ。陽が沈んできて、ちょっと疲れも見え始め、心細くなってくると、離れたところにあるトイレに一人で行けなくなる。三人一緒にトイレに行って、三人一緒に帰ってくると、ようやくバーベキュータイムとなった。

キャンプ場のそこ此処に明かりがともり、いくつもの家族のおしゃべりや歓声が聞こえてくるころ。すっかり陽も沈み切って、ちょっと不気味な鳥の声や、風のざわめきがこだまするなか、ジュースとビールで乾杯！「このお肉美味しいね」「うわっ、アリがいっぱい登ってきた！」「カブトムシいるかな、早く蜜を仕掛けに行こうよ」「そうだ花火もあったよね？」「ママと七海も来ればよかったのにね」「明日は何しよっか？」。

いつもよりずいぶん早目の就寝だったけど、それでも興奮で疲れた体はあっという間に眠りに引きづりこまれ、遠くの方で騒いでいる学生グループの歓声もさっぱり気にする風もなく、二人はぐっすりお休み。ちょっとテントを抜け出して、ひとり湖畔で眺めた空は、いつもの五割増しで星が輝いていました。

はからずも子どもたちの役立たずさ加減が露呈したキャンプ。彼らの大興奮の表情と、こちらの大混乱の慌てぶりが、夏休みを締めくくるいいアクセントになりました。かっこよく余裕で決めるパパの姿もいいけれど、大慌てで本気になってるパパの姿も味があるはず。自分にとっての大冒険を終え、そう自らに言い聞かせる二〇一二年の夏なのでした。

公平なルールってなんだろう

年末のクリスマスシーズン、わが家にマンカラなるものがやってきた。アフリカ発祥の対戦型ボードゲームで、穴の開いた木の板に、おはじき大のガラス球を移動させて二人で遊ぶ。自分の陣地においたガラス球がすべて所定の穴に収まれば勝利で、この間、相手の陣地に自分のガラス球を送り込むなどの邪魔ができ、なかなかに熱くなる。小学生たちの通うわくわくプラザでは、定期的に「マンカラ大会」なるものが開かれているそうで、家に来たマンカラの盤を見た瞬間に、あゆむは「あっ、マンカラ。できるよ」とのこと。ためしにあゆむと大地を競わせてみると、なんとあゆむが勝利。次は勝者あゆむと自分の対戦を組んだが、ここでもあゆむが勝利した。うーん、かなり慎重に戦ったはずなんだけどなあ。なんであゆむに負けるんだ……?　その後は勝ったり負けたりだが、基本的にあゆむの勝率は高く、妻も大地もよく負ける。ネットで「マンカラ必勝法」と検索をかけてみるも、それらしきものは見当たらず、じっくり自分の頭で考えてみるしかなさそうだ。しかし、なんであゆむごときに負けるんだ?

昨年四月に念願の健康福祉局への異動を果たし、新設された生活保護・自立支援室（元の保護指導課ですね）で、生活保護や貧困対策事業の企画・立案・実行を担当している。働くことから遠ざかってしまっている生活保護受給者の就職を斡旋したり、就労意欲喚起の講座を開いたり、雇い入れてくれる就職先を探し出したりでやることは山とある。もちろん市役所単体で行えることには限りがあるので、民間企業のノウハウを活用したり、地域のＮＰＯとの連携事業を企画したり、ときには霞が関に出向いて現場の様子を伝えたうえで施策のアイディアを交換したりもしている。

そんな中、一〇月から開始したモデル事業の一つに生活保護受給家庭の中学三年生を対象にした学習支援事業がある。週二回ＮＰＯにお願いして、学生サポーターによるマンツーマン授業を展開する「無料の寺子屋」のようなイメージだ。一月現在で、川崎区内の約三〇名の中学生が通ってきており、来年度以降、順次他区へも展開する予定である。

生活保護受給世帯出身者が成人したのちも生活保護を受けることになる、いわゆる「貧困の連鎖」が言われるようになった。一説には、その連鎖率は二五パーセントを超えるとされ、母子世帯に限ると四〇パーセント超となる。一時期「一億総中流」などとその平等さが誇らしげに喧伝されていた日本社会は、現在では階層化が進んでいるといわざるを得ない。生活保護受給者の就労支援の現場でもそのことは実感できる。対象者の四割は中卒の学歴しか持たない人々であり、当然就職活動は困難を極める。結局、就労先の業種も「清掃・警備・介護」等、限られた職種が中心となっている。

学習支援事業を展開していて、ふと思うことがある。ああ、自分は本当に恵まれた環境で育ち、なんと多くのアドバンテージを親から授けてもらったことかと。安定した家庭があり、教育にしっかり投資をしてもらい、社会的地位のある両親に育てられるということが、なんと幸せなことだったか。確かに、人生のターニングポイントである程度の努力はしたと思う。だけどそれは本当に自分の力によるものだったのだろうか。たまたま勉強、いや「点取りゲーム」のルールの飲み込みが早く、たまたま他人より「少しだけ上手に立ち回れた」だけなのではないか。

世の中がどんな仕掛けで動いているのかを、理解できるだけの大人になった今だからこそ思う。競争とは、所詮誰かに決められたルールの中で、いかにコツを素早く摑むかにかかっているということ。そしてずるい大人たちは、ひとたび自分の有利が揺らぐような事態が生じた場合は、臆面もなくそのルールを変えてしまうということ。「機会の平等」などフィクションでしかなく、そもそもスタートラインに立つチャンスすら与えられない場合があるということ。ゲームは勝ったり負けたりが面白いのに、人生は勝ち組と負け組が存在しているということ……。

それでも机に向かう中学生が、はじめて割り算を理解できた瞬間や、英単語を一つひとつ覚えていく過程に接すると、そんな彼らを信じてみたくなる。彼らの頑張りがちゃんと形になる、そんな世の中にするのは、もう自分たちの責任なんだなと思ったりもする。

話はマンカラに戻る。

非常に単純な作りであるが、だからこそ思考力や戦略性が求められるゲームであるともいえる。必勝法はなくとも、有利に運ぶためのセオリーのようなものはありそうだ。ガラス球の数が少なくなる後半、一気にゴールに滑り込む決めパターンはいくつか確認できる。これを複数パターン頭に叩き込んでおいて、その形に持ち込むための定石を研究すれば、勝率は上がっていきそうだよなあ。少なくともあゆむに負けることはなくなるんじゃないかなぁ……。いやいやセオリーがとか、定石をなんて小難しく考えているから負けるのかも。あゆのように、目の前のガラス球を動かすことに集中すればいいのか……。

などとつらつら考えながらも、なんだか勝負を挑むには腰が引けている自分がいる。ゲームは勝ったり負けたりが面白い。たしかにそうです。でもねぇ。あんまり負け続けると……。

心の成長

朝の台所、食事の用意をしていると、学校からのお知らせを開きながら妻がこういった。

「こんなの山形のおばあちゃんに見せたら、泣いちゃうだろうなあ」

「うん?　なに?」

「あゆがさあ、こんなこと書いてるわけよ。『空飛ぶクジラの背中に乗って、あなたはどこに行きたいですか?』って設問でさ、『山形のおばあちゃんのところに行って、お手伝いをしたい』だって」

「ああ、今大変だもんね。それにしてもあゆはおばあちゃんが好きなんだよなぁ」

山形から電話があって、妻が深刻な顔で話し込んでいたのは、さて何日前のことだったか。どうやらひいおばあちゃんの様態が思わしくなくて、一人で介護をしているおばあちゃんの愚痴を聞いているのだが、相当まいっているのが伝わってくる。三〇分も話したところで、どうしてもあゆむが話したがって、そこからしばらくは明るいトーンに電話が切り替わった。この間あった地震のことを盛んに説明しているのだけれど、あの説明でちゃんと伝わっているのかなあ？　と心配になった。


あゆむは今年で小学校三年生になった。相変わらず特別支援級と通常級を行ったり来たりしながら、授業が終わるとわくわくプラザに行き、夕方六時ごろには一人で帰宅する。妻の帰りが遅いときは留守番もできるようになった。

こうした日常生活面での成長では、兄弟、とりわけ弟の大地の影響が大きい。大地も今年小学校に上がり、朝は一緒に登校（といっても夏前から大地は友達と先に行ってしまっているようだが）、夕方は一緒に帰宅する（大地が水泳に通う日は別々）。二年生まではわくわくへのお迎えが必須であっただけに、親としてはかなり楽になった。

加えて、言葉の読み書きや、数の認識、教わったダンスの披露、今日あったことを説明するさまなど、（あぁ、成長しているな）と感じる。とてもゆっくりだけど……。

さて、そんなあゆむは、わりと朝が苦手だ。

目を覚ましてベットから抜け出してきても、しばらくリビングでボーとして過ごす。朝食が始まっても調子が出ない日もあって、そんなとき好物の目玉焼きがないことが分かると、「めややき！　めややきは？　どうしてないの！」と泣きながらの抗議がはじまったりする。

また、気分が乗らないときはあからさまに咳込んで見せたりして、（ぼくは今日、体調が悪いんです）と全身でアピールしてくる。妻が何度も「学校行かないの？　今日は休む？」と聞き、「休むなら休んでいいよ。一人でお留守番だね。でもゲームはやっちゃだめよ、寝てなさいね」という言葉が出てくるころには、「いく」と本人からのあきらめの言葉が漏れてくる。

さらにこんなこともある。

あゆむがパパと一緒に登校したがる朝、たいていは役所の始業時間に間に合わないのでお断りするのだが、ごくごくまれに出張が入っていたりすると、ちょっと余裕があって、二人での登校が実現する。

そんなときあゆは、「よっしゃー！」と飛び上がると、「いっしょにいこうねー」と本当に嬉しそうな顔をしてくる。こんなところがきっと多くの人に可愛がられるポイントになるんだろうなと思ったりする。

その日も、たまたま区役所への出張の予定になっていて、あゆむと二人で玄関を出た。マンションの敷地から延びる小道を歩きながら、あゆむは手を繋いでくる（ああ、こうして手をつないで歩くことができるのは、いったいいつまでなんだろうな。でももしかしたら、一生手を繋いで歩いていたりして……）、なんて考えながら、テニスコートの角を曲がる。

子どものペースで歩くと、何気ない変化に気づくことがあるから不思議だ。ここのお宅は鳩を飼っているのかとか、あそこの電柱の上にあるボックスなんだかカレーパンマンに似ているなとか、おやおや生垣の刈込みが済みましたかとか、まあそんな他愛もないことだ。そんなふうにしながらも、隣にいるあゆむは昨日の学校でのことをおしゃべりしている。ニコニコして、とても楽しそうだ。

と、その瞬間、あゆむが突然立ち止まった。

何事かと横を見ると、「かぎ、わすれちゃったー！」とのこと。なんだかとても悔しそうだ。

「きのうだいちくんにかしたからさ〜。（ランドセルに）ないんだよ〜！　だいちー‼」

弟に貸した鍵を、どうやらテーブルの上に置き忘れてきたらしい。そしてそれは弟のせいだと主張しながらも、出かけるときに確認をしなかった自分の失態を反省しているようにも見える。何しろ本当に悔しそうで、しばらくすると涙まで出てきた。「だいちー‼」地団駄踏むあゆむの様子を見ながら、なんとも成長をしているわが息子の姿が頼もしく見えた（ぼくがかぎわすれちゃったのがわるいんだよー。だけどさー、どうしよう。せっかくパパといっしょにがっこうにいけるのにさあー。いえにもどってたら、パパはちこくしちゃうじゃんかよー。だからひとりでもどるしかないじゃんかよー。だいちめー‼）。

と、こんな心の葛藤が聞こえてくるようだった。

「よし、家に取りに帰ろう。パパは大丈夫。あゆと一緒に学校行って、それから会社に行けば間に合うから。さっ、ダッシュ!! ほら行くぞ、あゆ!」

えっ? 区役所の会議は間に合ったのか、ですって? 遅刻ですよ、遅刻。

子どもの成長と、仕事。今しかないその瞬間に、付き合わないでどうするんですか。なんてね。部長、ごめんなさい。

「怒る」技術

今年も芦ノ湖にキャンプに行った。あゆむも大地も昨年よりは格段に成長していて、二度目ということもあるし、多少の余裕もある。そこで、今年は同じマンションのあゆむの同級生、Mくんを連れて行くことにした。ちょっと周りの雰囲気を読むのが苦手な子で、一人で夢中になって、失敗をやらかしてしまうところもあるけど、まあ何とかなるでしょといつもの見切り発車だ。

芦ノ湖までの車中の異常な興奮度合いで早めに気づいていればよかったのだけれど、テントも上手く張れ、食事の下ごしらえもわりとスムーズだったので油断した。ことは大浴場で起こった。入浴当初、他のお客さんがいないので、野放しに遊ばせていたのが失敗だった。しばらくして占有状態が解けても、湯船で泳ぐ、洗い場で追いかけっこをする、はては水鉄砲まで飛び出した。仕方がないので、一喝、「いいかげんにしろ！　ほかのお客さんに迷惑だろう。帰りたい奴はこのまま帰れ！」とやった。しかし、一度上がったボルテージはそのくらいでは下がらない。目を離したすきに再び水鉄砲が登場。すかさず二喝「ばっか野郎‼　いうこと聞けないのはどいつだ‼」（シーン……。ほかのお客さんまでびっくりさせちゃった。ごめんなさい）。

と、普段ならここで終わるはずが、ここは芦ノ湖キャンプ村、さらに悪ガキ三人衆と役者がそろっている。なんと大胆にも、みたび水鉄砲が再発するのである。その不敵な振る舞いは、Mくん。普段一緒にいないから、Mくんもこっちの臨界点が分かっていない。しかし、こちらはキャンプの責任者。川崎でOKでも、芦ノ湖のルールは厳しい。ここで舐められてはこの先何が起こるかわからないとあって、恐ろしさを植え付けることにした。

「M、いま隠したものを出せ。水鉄砲だよな。お前舐めてんな」

「ちがう、ボクじゃない……」

（Mのほっぺを両手でつまみあげて）「いいよ、すきにやれ。ただし、この風呂をあがったら帰れな、おまえ。お父ちゃんに迎えにきてもらうから。残念だったなあ、Mのキャンプはここまで。もう体洗わなくていいから、ここに立っとけ」

「いやだ、帰りたくない。ごめんなさい。帰りたくない」

「ダメだ。もう終わり。とにかくそこに立っとけ」

としばらく立たせたのちに、脱衣所を出て、川崎のMくんの家に電話。「もしもし、あっお父さんですか？　Mくんもう手に負えませんね、すぐに迎えにきてもらえますか？……（以下略）」。Mくんのパパも心得たもので、うまいこと話を合わせてくれ、最後はMくん、半べそかきながら頭を下げた。その後はとってもいい子で、分からないなりにいろいろとお手伝いもしてくれました。それにしても怒るって、気力・体力が要ります。こちらが本気だってことをどう伝えるか。舐められたらアウト。相手が子どもでも、しっかり準備をして、本気モードの真剣勝負。にしても三回も同じことで怒らなきゃならないなんて、自分の怒る技術、少々鈍り気味かなあ。

ここ数年、職場で怒る機会が増えた。プロジェクトを進める立場上、メンバーに気合を入れる場面も多いのだけれど、部下を指導的に怒ったり、取引先との打ち合わせで多少演技的に怒ったり。声を荒げることもあるけれど、あきれ顔で淡々と追い詰めるなど、静かに怒りを表現することもある。いずれの場合も、こちらの真意をいかに伝えるかがポイントになる。そしてそれは、どんな時でも悩ましい。なぜならお互いの関係を劇的に変化させ、ときに修復が困難なところまで行ってしまうこともあるから。そして、孤独な作業だから。

「広岡さんって、怖い印象でした」

たまに、一緒に仕事をする関係者、とりわけ役所の職員からそう声をかけられることがある。「いつも忙しそうだし、『寄るな』オーラが出てることもあるし……」。信頼している同僚からそんなふうに言われると、うーん、なるほど、反省だなという感じ。そしてちょっと寂しくもなる。まあ、寂しがってる時間なんてないんですけど。

その日の夜、悪ガキ三名は早々にテントで眠りについた。

バーベキューの火の始末を終え、車で寝ちゃう選択肢もあったけど、せっかくのキャンプだし、地べたに寝袋で横になる。とても星がきれいで、光のきらめきが目の前に広がった。ああ、地面ってひんやりしてる。空は暗くて大きくて、なんだかすごい。木々を揺らす風の音も不気味で、闇夜の恐ろしさを感じる。別に用もないのに、テントの中をのぞきに行って、三人の寝顔を確認してホッとしてみたりして。結構怖がりな自分も同時に確認して、ちょっぴり可笑しい。今年四〇になるのに、恐ろしいものは恐ろしいんです。

怖かったり、寂しかったり、ホッとして、クスッとして、ああ、人生は素敵だな。そんな夏の夜なのでした。

興奮がビシビシ伝わる！

春先から野球を始めた。大人のやる草野球ではなく、子どもたちに付き合っての少年野球の方だ。大地が小学校に上がるのを待って、近所の保育園仲間A家から強烈な勧誘が来た。はじめは「本人の希望があれば」、なんてゆるく構えていたのだが、誕生日にはチームのロゴが入った野球帽がプレゼントされ、本人が徐々にその気になるのを見て、こちらも親としてのサポート体制を整えた。

もちろん自分がプレーするわけではなく、子どもたちの練習のサポート役で、主に球拾いやグラウンド整備などを担当している。たまに人数が足らないときのキャッチボールの相手をしたり、バッティングピッチャーもどきをやってみたりするのだが、甲子園出場経験のあるコーチが教える強豪ということもあり、できるだけ隅の方で小さくなっている。それでも子どもたちからは「広岡コーチ、お願いしまーす」なんて声が掛かるのだから、少々戸惑い気味である。

少年野球チームに参加して、いろいろと考えさせられた。

ユニフォームだ、グローブだで、結構お金がかかること。毎週の練習に親の参加が必要で、加えて周期的にお茶当番などの役割が回ってくること。少年スポーツの体質、とりわけ野球のそれは少々古さを感じること。子ども同士の友人関係とは別に、大人同士、特にお母さん同士の関係が結構重要だということ。それでも一緒に白球を追いかけるのは、結構楽しいこと。

そういえば、自分が小学生時分、友達からさんざんチームに誘われて、親に尋ねたことがある。母の答えは、「ダメ。お母さん、そんなことに付き合っていられないから」とにべもない。当時は、（野球やるのはオレなのに、なんでダメなんだ?）と不思議に思ったものだが、今になってみればよくわかる。兄弟が五人もいて、長男の遊びに毎週付き合うほど、親に余裕があるわけがない。

ちなみにあゆむの参加については、チーム内でかなり議論があったらしく、障害児であることに加えて、心臓に疾患があることについても話題になった。まあ付き合ってみれば理解も進むのだが、はじめは「そんな大変な子を受け入れるなんて、何かあったらどうするんだ」という意見も一部に出たとのこと。そんな経過もあって、親の練習参加が義務付けられているというわけ。まあ、いろんな人に障害児のことを知ってもらうのも大事だから、こういったトラブルは積極的に経験していきたいところだ。

大地は実はもう一つ、水泳の教室に週三日通っている。選手コースのセレクションでたまたまいい記録が出て、月謝もあんまり変わらなかったので、参加させてみた。当時は公文《くもん》もやっていて、どうせ長続きは難しかろうという甘い気持ちもあった。結局、小学校入学と同時に少年野球が始まり、ゴールデンウィークには公文をやめてしまったので、現在は野球と水泳の二本立てだ。普段はなんてことないのだが、試合が重なると日程調整が難しくなる。それでも本人はどちらも楽しいらしく、そばでその成長が見られるということもあって、親だって徐々に本気になってくる。ましてや「パパ、今度の水泳記録会、オレね、クロールとバタフライ両方出るんだ。見に来てくれるんだよね?」なんて誘いが来れば、どんなに疲れていても「うん、みんなで行こうか」と答えてしまう。

野球と違って、水泳は予定時間通りにきっちり進む。「小一男子五〇メートル自由形」が終わり、きっかり一時間後「小一男子二五メートルバタフライ」がはじまった。この種目で大地の出場機会は最後。応援も自然と熱が入る。

「あいつ、結構きれいに泳ぐな。いつからバタフライなんて泳げるようになったんだ？（こっちはいまだに泳げないのに）」

「最近じゃない？　まだまだようやく形になったばかりよ。でも、あれ、結構いいタイムかも」

と妻。確かに、二着か三着か、だ。

泳ぎ終えてしばらくするとタイムが掲示されたが、割といいタイム。しかも、名前の横に何やらしるしがついている。なんだ、あれ？

「なんかね、大地、最後のリレーに出るらしいよ」

「リレー？　そうなの？　チーム代表ってこと？」

「うん。二種目のタイム合計がよかったから、メドレーリレーの選手に選ばれたんだって」

「すごいじゃん、こりゃあ、終わりまで残って応援だな」

さて、場面は替わってその日の夕食。食卓では、テンションあがりっぱなしの大地が、ひとり興奮して話している。

「あのさ、おれさ、リレーに出たわけ」

「知ってるよ、ちゃんと応援してたよ」

「でさ、チームのみんなが、「大地頑張れよ！」って、言ってくれるんだよね。みんなだよ、みんな！　飛び込むときなんかドキドキしてたけど、おしかったよなあ。もう少しで優勝だったのに」

「うん、確かに惜しかった（大地が抜かされて三位だったけど。そのことは気にならない様子）」

「あー、まだドキドキしてる。応援、すごかったよね。でさ、ターンのときだけどさ……（以下略。えんえん続く）」

なんたる興奮、なんたる昂揚感。食事をほおばりながら、目をキラキラさせてまくしたてる。よかったね、大地。素晴らしい経験だったね。いいよ、しばらくはこの興奮にパパ達も付き合うよ。だって、そうして成長していくキミの姿を見られて、こんな嬉しいことはないから。

「ところでさ、パパ」

「うん？」

「パパは、水泳あんまり得意じゃないんだよね？　でも聞くんだけど、小一の時、バタフライ二五メートル、何秒だった？」

……。絶句。バタフライ泳げないって知ってるなら、聞くなー！

前言撤回、大地、むかつくー！

育てさせてもらってる、のかも

ある土曜日の昼下がり、「ピンポーン」と玄関のインターホンが鳴った。
「大地君、いる？　あそべる？　Hですけどー」
「はーい！」と勢いよく大地が飛び出し、あゆむがそれに続く。「パパ、ちょっと行ってくるね」「プールの時間までだよ」「わかった」と、最後のやり取りはすでにお隣のH家から聞こえてくる。ふっー、うるさいのが居なくなった。残された七海はアンパンマンのジグソーパズルに取り組んでいる。七海はパズルが得意だ。

と、再び「ピンポーン」とインターホン。「Hですけど」今度はお隣の奥さんの声だ。玄関から顔を出すと、何やら包みを持って立っている。「昨日実家からタケノコが送られてきて、少し食べない？」「うはっ、立派だねぇ」「どうやればいいの？」「とりあえずあく抜きしながらゆでて……」と、しばらくポーチでタケノコ談義。今夜はタケノコご飯にしよっかなぁ、なんて考えていると、背後の玄関の扉から「カチャリ」と不吉な音が……。

しまった、七海だ。最近カギに手が届くようになって、よく遊んでるって妻が言ってたっけ。締められるけど、自分じゃ開けられないのよね、って。まずいな。

「七海ー？　鍵開けられる？」「できなーい」「横に回したでしょ？　縦に戻せばいいんだよ」「うぇーん、うぇーん」「泣かないで、七海、大丈夫だからね」「うぇーん、うぇーん、びぇーん、びぇーん！」（こりゃぁだめだ。まずいな。妻が帰宅するのは遅くなってからだし、自分は手ぶらで出てきちゃったし、今日はマンションの管理人さんはお休みの日だし……。警備会社呼ぶしかないか？　どのくらい時間かかるんだろう？　それまでに七海が家の中でケガでもしたら……。どうする？　どうする？）。

「うちから入る？」「えっ？」「だから、ベランダ伝って入ればいいじゃん。さっきベランダで遊んでたでしょ？　そっちのカギは開いてるんじゃない？」「そっか、その手があるんだ！お願いします！」

結局、Ｈ家のベランダからまわって、事なきを得た。二階とはいえ、一瞬はマンションの壁面から空中に体が浮く。四〇過ぎてこんなことやるなんて。


夕食はサバ。肉料理が続くと、たまには魚が食べたくなる。いつもは塩して焼くだけだけど、今日は時間があるから、サバ味噌にしてみる。子ども達の好みに合わせてちょっと甘めに味付け。「パパ、このお魚なんていうの？」「サバ。サバの味噌煮だよ」「これ美味しいね、お替わりある？」「あるよ、はいどうぞ大地」。するとあゆむが「満点★青空レストラン（テレビ朝日毎週土曜）」風に「うまーい！」と叫びながら、こちらもお替わりを要求。七海はというと、小骨と格闘しながら、かなり食が進んでいる様子だ。ああ、これヒットだな。また作ろっと。料理って楽しい。

夕食後は、平日と違いゆっくり時が過ぎる。いつもは時間がなさ過ぎて、寝かしつけるまでとてもあわただしいから、たまにはこんなのもいいか。テレビを見て、お風呂に入れて、布団を敷いて、あとは寝るだけ。

「さあ、順番に歯ブラシを持っておいでー。歯を磨くよー」

大地はもうずいぶん上手に磨けるようになってきた。子どもの歯磨きは一〇歳までが親の責任なんて誰かが言ってたけど、あと二年ちょっとだもんなあ。あゆむは、犬歯の詰め物が取れてきてる。来週は歯医者に連れて行こう。七海は、いつもなら「ママがいい！」と寄り付かないのに、おとなしく口を開けている。はい、完了！

上の二人を子ども部屋のベットに行かせ、和室で七海と布団を並べる。横にピタッとくっついてきて、何ともかわいい。お気に入りのお人形もちゃんと一緒だ。「あのしゃ、ドキンちゃんはしゃ、なっちゃんがトントンするね」「はい、お願いね」「パパはしゃ、なっちゃんをトントンしてぇ」。

しばらくすると穏やかな寝息が聞こえてくる。

なんとも幸せな時間。

こどもは親を選べない。とても大切な時間を、家庭で一緒に過ごす。遊んで、喧嘩して、泣いて、笑って、食べて、お風呂に入って、眠り、そうして成長していく。子どもを育てるというけれど、その期間は短い。後で振り返れば一瞬に感じられるのかもしれない。こんなにいろいろなことが起こる人生のひと時を、一緒に過ごせるなんて、すごいことだと思う。

「育ててる」んじゃなくて、「育てさせてもらってる」のかもしれない。まあ、そんなこと考

3 人で羽根つき、2013 年 10 月

えていられるのも、余裕のある時だけなんですけどね。

やっぱり夫婦で

講演の依頼を受けることがある。自治体、国、民間企業、NPO、川崎市関係などいろいろだ。テーマは時々で、映像教育、企業の社会貢献、生活保護の自立支援、子育て、障害児教育、研修講師など。もちろん都合がつけばほとんどお受けする。いろんな人と出会えるし、情報収集にもなるし、地方からのお誘いは半分旅行気分だし。一時間だったり、九〇分だったり、その時間内でたくさんの情報と、精一杯のサービスを盛り込む。笑えて、泣けて、へーって思えて、明日につながる。そんな時間が持てたら最高だと思う。まあそんなに、いつもいつもは上手くいかないのですが。

先日、保育士さんの集まりからお声をかけていただいた。テーマはもちろん障害児教育。こんなふうに文章にしているけれど、お話しさせていただく機会は少ない。多様な保育ニーズに対応すべく、毎月のように集まっているとのこと。保育のプロが相手で、しかも大変お世話になっている保育士さんたち、もしかしたらうちの保育園の先生方もいるかもしれないし、と思ったら身も引き締まる。

自分の生育環境から始めて、あゆむの生まれた時のこと、手術のこと、障害の受容、兄弟のこと、保育園と学校の比較、地域の関わり、いまの心配ごと、出生前検診について思うことなど、頂いた一時間はあっという間に過ぎて、質問タイム。

（ちょっと硬めだったかなあ）なんて反省しながら、参加者の声に耳を傾ける。

「いつも市職労新聞、楽しみに読んでいます」（ありがとうございます）

「歩睦くんが小四なんて、大きくなっていてビックリです」（成長しました）

「子育てを楽しんでいる感じが伝わってきて、素敵だなと思います」（ちょっと照れます）

「自分が子どものときのことを思い出しながら読んだりしています。母はどんな思いで育ててくれてたのかなあとか」（ああ、そんな読み方もあるんですね。参考になります）

「奥さんがほとんど出てこないのはどうしてですか?」（うっ、そ、それは…）

「子育て以外に、マンションの理事会、保育園の役員、NPO理事、少年野球コーチってすごいですけど、ご家庭ではどう思われているんですか?」（いや、それは、ちゃんと話し合ってですね……）

後半は、押され気味の場面もあったものの、このライブ感が実は楽しい。ストレートな反応は、いろいろと気づかせてもらえて、すごく刺激になる。でも、妻への質問ですが、なかなか答えにくいのです。

そういえば先日、こんなことがあった。

リビングの卓袱台に置いてあった算数のプリントを、何気なく手に取って見ていた。繰り上がりのある足し算だ。小学校の低学年の問題だから、大地のプリントかな？「3＋1＝4」「7＋3＝10」という問題が二〇問ほど続き、最後は「9＋5＝12」で、そこだけが誤答だった（つまり95点）。「大きい方の数に印を付け、小さな数の○の個数だけ、順番に足していきましょう」なんて説明がついている。かなりの親切設計で、実際にその通りに解いている様子だ。

（小学二年生の算数なんて、こんなもんか）と思ったし、

（自分が小学生の時は、学校の算数なんて、ほとんど間違えたことなかったけどなあ）とも思った。すると妻が、

「それさあ、すごいよねぇ」

「えっ、なにが？」

「よくがんばってるよねぇ」

「……うん？（だって、最後の一問は間違ってるじゃん）」

「繰り上がりの足し算だよ。成長してるなあって感じよ」

「？？でも、ここ間違ってるよ？」

「ああ、それ大地じゃなくて、あゆのプリント。一問ミスなんて、すごいでしょ？　足し算、できるようになってきてるのよねぇ」

「できるようになってるんだ、確かにすごいかも……。（こんな小さな成長、教えてもらわな

ければ気づかなかったかもしれない。よく見ててくれているよなあ)」

あゆむの成長は遅い。周りにはすでに圧倒的に差をつけられた。最近では七海も「大地君とあゆ」と、あゆむだけ呼び捨てだ。でも、だからこそ。どこまでできるようになるのか、どれだけ伸びるのか楽しみでもある。ほんのわずかの成長を発見して、それを誰かと一緒にお祝いしたくなる。その相手は、きっと妻だ。

なんて気が利かないいんだとか、ほんと嫌な奴、なんて思うこともあるけれど、そんなときは自分のほうも気が利かない、嫌な奴になっている。いろいろあるけど、やっぱり大事なパートナーなんだな、きっと。

未来のキミに会いました

この間、未来のキミに会いました。

あるNPOの企画した勉強会で、コーディネーターは海外の高級ホテルチェーンの元日本支社長。遠く長野からのお客さんも来ていて、会場ははじめから熱気にあふれていました。

コーディネーターの方がパパを紹介してくれて、出番が来ました。

パパのするお話は、生活保護の就労支援がテーマ。ちょっと難しいテーマなのですが、最近いろいろな場所で話題になるので、みんな集中して聞いてくれました。それでもはじめちょっと緊張していたのかな？　行政マンの苦労話や、予算獲得の裏話で、ちょっぴり笑いが取れたころから、いつものペースでお話ができるようになりました。

パパのお話が一区切りついたころ、コーディネーターの方がとても上手に引き取ってくれて、たくさん褒めていただきました。たくさん、たくさん拍手もいただきました。大人でも、褒められるとうれしい気持ちになるのです。

お話が終わるとコーディネーターの方が「企てる」という言葉を書いて、パパのお話の感想をおっしゃいました。世の中には大変な方や、難しい問題がたくさんあるけれど、誰かが取り組まなければならないのです、というようなことを言っていました。

それから会場のお客さんに向かって「質問はありませんか」と聞きました。

「予算を獲得するには何がポイントになりますか？」とか、

「部署をまたぐ課題に取り組む場合、難しいことは何ですか？」とか、

「新しいことを取り組むときに、批判はありませんでしたか？」とか、

少し答えるのが難しい質問もあったけど、できるだけ丁寧にお答えしました。答えるときに、ちょっぴりだけパパの職場の宣伝も入れておきました。「世間は公務員に厳しいけれど、頑張っている職員のことはできるだけ認めてあげてくださいね」ともお願いしておきました。

終わりの時間が迫ってきて、コーディネーターの方が「それではこれで最後にしましょう、

まだ質問がある方はいらっしゃいますか？」とおっしゃいました。

するとと会場の隅のほうに座っていた、若い男の人が手を挙げました。そしてこんなことを言ったのです。

「差別をしないでください。」

（うん？　パパのことを言っているのかな？）

「差別をなくしてください。」

（どうやら違うようですが、男の人は大真面目です。）

「ボクは障害があります。だから会社でも差別されています。理由もなく酷いことをされるので、会社を辞めました。差別はしないでほしいと思います。広岡さんはどう思いますか？」

パパは一瞬、言葉に詰まりました。なぜって、とても難しい質問だからです。

パパは市役所で働いているので、難しい質問をされることがよくあります。はぐらかすこともできたのですが、そうはしたくありませんでした。なぜって、その若い男の人が、未来のキミに見えたからです。未来のあゆむが、今この会場に来て、パパに質問をしてくれているように感じたのです。

そしてパパはこう答えました。

「ご質問ありがとうございます。きっと会社でとても嫌なことがあったのでしょうね。そのことを勇気をもってお話してくれたことに、まず感謝します。でも残念ながら、今ここであなたが受けた差別を、なくすことをお約束はできません。ただこうは思います。きっと減らしていくことができる。

私は以前、障害者の集まるフォーラムで、知的障害者同士が語り合う座談会を聞いたことがあります。そこでは、いまあなたがお話になったこと「いつもバカ、バカと言われてとても腹が立つ」とか、「頭が悪いから、無視されることがある。笑って流すようにしているけど、本当は悲しい」とか、「お母さんから頼りにされたことがない。もう大人なんだから、もっと認めてほしい」とか、様々なことが語られていました。

そのとき私は、すごくショックを受けました。なぜって、障害者がそんなことを感じているなんて、そしてたくさん傷ついているなんて、想像したこともなかったからです。そしてこれまでの自分のふるまいを思い出して、とても恥ずかしく思いました。

あなたにお願いは、いまあなたが考えていること、あなたが感じていることを、ぜひ勇気をもって周りの人たちに伝えてあげてほしいのです。きっとあなたの真剣な言葉を聞いて、私と同じように気付く人がたくさんいるはずです。そして気づいた人たちはきっと、あなたの味方になってくれるはずです。」

パパは上手に答えられたかな。あゆむはどう思いますか?

キミが大きくなって、パパと同じように働くようになったら、また同じお話をしますね。

それまではいっぱいお友達と遊んで、しっかりお勉強をしてください。そして、嫌なことがあったら、ちゃんと「イヤだよ」と言ってくださいね。

お兄ちゃん、やめる……

四月に異動しました。新しい職場は「秘書部ブランド戦略担当」。秘書部なんて市長のお膝元、ご栄転ですね？　なんてお世辞の裏側に、ブランドってなんだよ！　役所が鞄でも作るんかい！　という突っ込みの表情に気づかないふりをしつつ、新組織の船出。生活保護の仕事が身の丈にフィットしていただけに、ちょっぴりさみしい春を迎えました。先輩には「やり残しがいくらかあるくらいでちょうどいい」とアドバイスもいただいたところです。

なんて言いつつもさっそく情報発信のネタ探し。前身のシティセールス広報室の仕事を受け継ぎつつ、まずは本市の魅力発掘に励みます。というわけで川崎区の富士見中学校の武道場でわんぱく相撲の体験会に参加してきました。多摩区から小学生のガキんちょ八人の引率ボランティアなので、仕事二割、父親八割って感じです。

ところでみなさんご存知でした？　川崎市の相撲人口の多さと、県内でも有名な強豪校を擁している、という事実を。まあ国技とは言いながらも、子どもたちが選ぶ対象としてはマイナースポーツの域を出ない訳ではありますが、なかなかどうして間近で見る迫力（それもたかだか中学生・小学生レベルでこれです）と、競技としての戦略性、そしてなんにしても早ければ数秒で決着がつくスピード感と間の妙。ちょっと食わず嫌いだったかな、もう少しガタイがよければばかじっていたかも、なんて反省もしつつ、わが息子たちを含む八人の多摩区小学生の稽古の様子を見学してきました。

大地がはしっこく動く様子は想定のうちですが、あゆむもどうしてどうして四股を踏む様子がさまになってくる。すり足や、がぶり寄りの指導を、さっそく体を動かして確認していく姿は、（へぇ、こんなところでも頑張れるのね）と、うれしい発見がありました。よく見れば背中にも多少の筋肉がつき、右足を挙げながら太ももの付け根を「ぱあーん！」と叩く音は、はたで見ていても本人が自分に酔っているのが伝わってきます。とはいえ、声出しも調子が出てきて、まわりの指導者の見る目も温かくなってきたところを見計らって、「そろそろ帰ろっかなぁ」なんて勝手な発言が出るあたりは、相変わらずのマイペースなのですが。

あゆむの成長を見るにつけ、体力面の成長は嬉しく、学力面の成長はのーんびりとしているわけですが、もう一つ、心の成長があります。あゆむの姿は、この心の成長が何とも微笑ましいのです。

妹の七海が三歳になり、おしゃべりも格段に上手になるにつれ、お兄ちゃんとしたいことがバッティングする機会が増えてきます。おもちゃの取合いはもちろんのこと、トイレに入る順番や、パパ・ママに抱っこしてもらうチャンス、はてはおかずの分配に至るまで、ありとあらゆる場面でケンカの種は埋まっている。そしてそのいずれの場面でも七海はあゆむと張り合うわけです。その意味においてはあゆむの精神面はいまだ保育園児と同レベルともいえるわけですが、ちょっとした瞬間に彼の成長も感じることができる。

例えば持ち帰ってきた上履きを風呂場で洗う仕事があります。これを小学生は二人とも自分でやるわけですが、さんざん母親に小言を言われたのちに動き出す。そして手が動いたかと思うと、次の瞬間には放り出して、再び小言を言われていたりする。それでも何とかやり遂げるのがいつものパターンなのですが、先日ふと風呂場をのぞくと、あゆむが七海の上履きも洗っている。うーん、えらい！　なんかすごい！　と思って、「あゆありがとね、七海の分も洗ってくれてるんだ」と声をかけると、「お兄ちゃんだから」との答え。

あれだけ毎日ケンカして、張り合っているくせして、ちゃんと自分の役割を気にしているわけです。これって、心の成長ですよね。親から言われなくてもそんなふうに手が動くわが息子に（なんだ、ちゃんと成長してるんじゃん）、と拍手を送りたくなります。さっさと終わらせてテレビを観たいはずなのに。途中で放り出しても３ＤＳ（ゲーム機の名前）に興じたいと思っているくせに、多少のやせ我慢とかっこつけ。そうやってみんな大人の階段を上っていくんですもんね。

お月見団子を囲んで、2014 年 10 月

ある日の食卓でも、あゆむと七海がソーセージの数で取り合いがはじまります。「あゆが先にもらったんだよ！」「ちがう、なっちゃんの！」「あゆの！」「あゆはさっき食べたじゃん、ちゃんとわけるんだよ！なっちゃんの！」

「あゆ、さっきご飯の前にも食べたでしょ。それは七海にあげなさい」との妻からの指示に、目に涙をためながらもしぶしぶ皿を差し出すあゆむ。その皿から、間髪入れずに目的のぶつを手中に収める七海（そうそう、それでこそお兄ちゃんだぞ）と心の中でエールを送るその瞬間、ぼそっと耳に飛び込んだ。あゆむのつぶやきは、「**お兄ちゃん やめる**」という、絞り出すような一言でした。

うん、うん、わかる、わかる。お兄ちゃ

んて、損な役回りだよね。いずれ長男同士で、語り合おうな。ねっ、成長、してますよねぇ。

おかげさま、です

「ロウソクは何本お付けいたしますか?」と若い売り子が訊いてくる。

「一〇本。あっ、いや一二本で」

「承知いたしました。少々お待ちください」

川崎駅ビルの地下食品売り場。ぎこちない手つきだから、ちょっと時間がかかりそう。まあ、夕飯には十分間に合うでしょ……。


そうそう、ちょっと前、まだ冷える早春の夜、家族五人で市職労の小さな集いに参加した。手巻きずしや芋煮を囲んで、三〇人ほどのメンバーが参加していた。少し遅れて到着したわが家は、着いて早々に自己紹介。でもそんなことするまでもなく、ほとんどの方々があゆむのことを知っていてくれた。

「大きくなったのねえ、もう六年生?」

「いつも読んでいるから、全然他人じゃない感じ。でもあゆくんはおばちゃんのこと知らないよねぇ。」

なんて声を掛けられる。大人ばっかりの集まりだったこともあってか、わが家の三人はとても可愛がられ、半分おもちゃにされつつもお腹いっぱいで帰路についた。帰りの車中で、大地がボソリ。「あゆむって、川崎で有名人なんだねえ」

そう、あゆむは有名人だ。少なくとも川崎市役所ではそう。

あゆむの成長の軌跡。あゆむの歩み。

多くの読者が、まるで親戚の子どものことのように、ときにわが子のように気にかけてくれている。知ってくれている。

先週は、五反田で大学時代の仲間と飲んでいた。

同期が中心だが、上下一〇年くらいのテニス部仲間が集まった。会社の話、ゴルフの話、海外転勤で参加できなかった先輩や後輩の動向、景気や経済の動きから人工知能の発達まで、そしてお決まりの昔話。杯を重ねつつ、夜は更けていく。そろそろ終電が気になりだしたころ、隣に座った後輩がちょっと改まった様子で話題を振ってきた。

「テニス部じゃないんですけど、同期とこないだ飲んだんすよ。二人目が生まれたんだけど、なんだか家に帰りたくないとかで。その二人目じゃなくて、上の子がね、どうやら自閉症っぽくて……」

「ふーん、いくつ？」

「いま五歳かな。全然目が合わないとか、以前からなんか変だなあと思ってたらしいんですけど、やっぱ障害があるみたいで。そんでそいつもそうなんですけど、奥さんの方がまいっちゃってるらしくって」

「なるほどね。告知されてすぐはキツイからなあ」

「一度会って、話聞いてやってもらえません？」


そう、あゆむの歩みは、そのまま父親の足跡とパラレルだ。

「障害児」の成長と、「障害児の親」の成長。

いろいろな人から声をかけてもらえるあゆむがいて、ちょっと深刻そうな話も相談してもらえるパパがいる。それもこれも、日々の小さな出来事を書かせてもらえて、皆さんに読んでもらえているから。市職労新聞の「おかげ」です、ね。


「こちらご確認ください」

「はい、大丈夫。ありがとう」

「おもち歩きのお時間は何時間ですか？」

「一時間かな」

あゆむ、大きくなったね。

プレートには、「おたんじょうびおめでとう。あゆむくん」の文字。さいごの「ん」の終わりの部分が、やけに上に跳ねてて、とっても元気なプレート。まだまだいろいろあるけれど、もうちょっとの間、一緒に元気に跳ねていたい。

二〇一六年四月。あゆむが一二歳になりました。

切なくなるの、まずくない？

親はどれだけ子どものことを心配するのでしょうか？

親はどれだけ子どものことを心配してもいいのでしょうか？

親はいつまで子どものことを心配していられるのでしょうか？


自分はひとり遊びの上手な子だったように思う。

ブロックと怪獣の消しゴムでいつまでもいつまでも遊ぶことができたし、トランプなどのカードゲームも仮想敵を作り出して独り対戦遊びをしていた。外に出ても、陽が暮れるまで野球のボールを壁あてしたり、セミだのアゲハチョウだのトンボだの追っかけて気が付くと夕方になっていた。本を読むのが大好きだったし、空想の世界に浸りつつも現実と折り合いをつけるのが上手だったと思う。

だから、友達がいないとすぐに退屈を持て余す大地より、圧倒的にひとりで遊ぶ時間が長いあゆむの方にシンパシーを感じたりする。独りのときは豊かな思考の時間を与えてくれるし、結局一人で考えて選ばなきゃならないことの方が多いわけだから。


でも、こんなことがあった。昨年の秋のこと。

小学校の校庭にたくさんの模擬店が出ている。学校とPTA共催の秋まつりで、どれもPTAや学校側が準備してくれる。事前に予約購入したチケットを片手に子どもたちは思い思いの屋台に列を作る。焼きそばや綿菓子があれば、スーパーボールすくいや射的、くじ引きがある。どの子も仲良しの友達と一緒にお店を回り、次はどこに行こうか、何が美味しいか、相談する顔も普段の五割増しに楽しそうだ。この日のために準備を重ねてきた大人たちだって負けていない。餅つきは本格的な杵と臼が登場しているし、ゲームコーナーは揃いのTシャツを着たおやじの会が仕切っている。校内アナウンスの声も、腕章をつけて走り回る姿も、張りがあって非日常感を演出してくれる。まだ学校に上がらない弟妹たちも参加させてもらって、さながら地域の秋祭りだ。

もちろんわが家の小学生二名も、何日も前から楽しみにしていて、まずはお目当ての唐揚げと焼きそばはゲットできたようだ。大地はそれらの食事もそこそこに、「次、くじ引き行こうぜ、なんかすげーらしいよ！」とクラスの友達と飛び出していった。

ここで、あゆむが置いて行かれる。そりゃー大地の友達と一緒に行くわけにはいかないけど、同学年の交流級の子とも、特別支援級の子とも約束はしていないようで、ひと通り食べ終わると手持無沙汰の様子。そしてしばらくして「おれ、帰ろっかなー」。

えっ、帰っちゃうの？　まだまだ時間いっぱいあるよ。ひとりで回ればいいじゃん。あゆむの好きなゲームコーナーもあるし、くじ引きもあるよ。約束してなくても、だれかと一緒に回ればいいいじゃん。せっかく七海も来てるし、まだ帰らなくてもいいじゃん！　なんて親の心の叫びもむなしく、なんとあゆむはそのまま帰路についてしまった。まあ流れ解散だから何の問題もないのだけれど……。寂しかったからかな？　独りじゃつまんないから？　いつもなら「パパ、ヨーヨー釣り行こうよ！」なんて言う場面じゃない？　友達が楽しそうにしているのを見ているのが辛いとか？

数日後、近所のM家との夕食会は、はじめから結構アルコールが入って、話題は小学校の秋祭りに。子ども達はTVゲームに夢中。

「なんかさ、知ってはいたけど、ひとりで模擬店回ってるのを見るとちょっとねぇ……」

「そう、うちも。なんで友達誘えないかなぁ。つまんないじゃんね」、とおやじ二人が愚痴をこぼす。

「ちょっとさ、切ないんだよね。ああいうの見ると」

「そうね、切ないよね……」、と、ここで妻が口をはさむ。

「切なくなるのは、まずくない？　余計なお世話じゃない？　あゆもMくんも、結構楽しくやってると思うよ。親がそこまで気を回すことないと思うけど？」

ふーむ、そうね。そんなふうに親が心配し過ぎるのを、子どもはきっとうるさく思うんだろうね。そして過剰に心配させないように、逆に子どもが親に気を遣うようになるのかも。

でもさ、いろいろ考えちゃうじゃん。そういえばあゆむの友達がうちに来た事って、ほとんどないなーとか。交流級と特別支援級の行き来じゃ、なかなか仲よくなりにくいのかなーとか。やっぱり同じレベルの子に囲まれて、揉まれて、たくさんの苦労と経験を積ませなきゃいけないのかなーとか。だとすると、地域の中学校に進学させるより、特別支援学校とか、私立の中学とかがいいのかなあーとか。いやいやどうせこの地域でずっと暮らすことになるんだから、多少無理してでもみんなと一緒の中学がいいのかなあーとか……。

いままで比較的順調に来すぎちゃったからかな？　中学に上がるタイミングは、あゆむの将来にとって、とても大事な岐路になる気がする。だから悩まなきゃいけないと思う。いろいろ調べなきゃなと思う。あゆむのために最良の選択をしなければ、とも思う。もちろん本人の意向は最優先。


親はどれだけ子どものことを心配してもいいのでしょうか？

親はいつまで子どものことを心配していられるのでしょうか？

ぐだぐだ考えちゃうんだよね。

そりゃ、切なくなるのはマズイよね。たしかにマズイ。

でもどうすりゃいいの？　ひとり遊びが得意だった男子は、三〇年の歳月を経て、ひとり遊びの得意な息子の心配をぐだぐだしているわけです。

妻とのこと

「なるようにしかならないんじゃない」大事な場面でよく妻が口にする言葉だ。何か始めようとするとき、どちらか選択しなければならないとき、そんな妻の言葉に背中を押され、ひとつひとつ進んできたように思う。

実はダウン症児が産まれたことについて、妻がどう感じ、なにを思っているのか、正面切って聴いたことがない。あゆむが生まれてすぐはとてもあわただしくて、心臓の手術を乗り切るまではお互いに必死だったし、翌春にはあゆむの保育園入園が決まり、仕事・育児・家事の大変な日常がスタートしている。ときどきで相談したり、悩んで決めたり、ちょっと振り返ったりはあったけど、「ダウン症児を育てること」についてまとまった時間で語り合ったりはしてこなかった。

障害児がいると離婚率が高くなりがちと言われる。一般的な育児より手が掛かるにもかかわらず、協力すべき両親が別れてしまうのだから、子どもにとっては災難だし、ちょっとひどい話だと思う。ただ、育児が大変だからこそ、大変すぎるが故にお互いの気持ちが離れてしまうという面は確かにあって、知り合いの中にはいくつも母子家庭で障害児を育てているというケースがある。離婚に至る理由は、（1）親の生活が大きく制約を受けストレスがたまる、（2）父親が子どもを理解しようとしない、（3）障害に対する価値観のズレ、あたりだろうか。

妻は、障害児を産んだことをひとり悩んだりしたのだろうか？　そのことで自分を責めたりしたのだろうか？　結局確率論で、一〇〇〇分の一を引き当てた、ということで自分を納得させたのかな？　原因を探して「なんで」と自問する時間もあったりしたのだろうか？

怖くて聞けなくて、これまでも聞いてこなかったけれど、これから先も聞かないような気がする。答えの出ない問いかけで、堂々巡りしても仕方がないと思うから。

妻は山形の農家で育ち、大学から東京に出てきた。東北の冬は雪に埋もれる。彼女のがまん強い性格は、このあたりがルーツなんだと思う。

たまにわが家でいじめについて話題になることがあるのだが、「いじめられても、関わらなければいい。反応しなければそのうち止む」なんて涼しい顔をしている。

妻の母親は退職まで、教師として勤め上げた。退職直前の数年間は、特別支援級で障害児教育に携わり、ゆえにあゆむとの関係もとても上手に作ってくれている。学校が長期休暇に入ると「山形に行っておばあちゃんの畑のお手伝いしようかな」なんて言い出すほど、あゆむはおばあちゃんっ子でもある。

あゆむが生まれた山形県立中央病院は、妻の実家から歩いて一〇分ほどの、畑や田圃に囲まれたのどかな風景の中にある。

そんな山形の田園地帯で農業を営んだあゆむの曾祖父は、あゆむが産まれて二年足らずで亡くなったのだが、「めんごちゃん、めんごちゃん」と言ってそれはそれはあゆむのことをかわいがってくれた。冬は出稼ぎに出るなど、苦労して三人の子を育てた昔の東北人で、あまり多くはしゃべらないけれど愛嬌のある、割とさばけた人だったと思う。あゆむも、曾祖父との記憶はないはずにもかかわらず、いまだに曾祖父のことを話すし、山形の家に行くと仏壇に直行して手を合わせている。

いろいろあって大変だったろうけど、家族の絆は強くて、支え合って生きてきた。それが妻の生まれ育った家庭だ。

もう一つ妻とのことで思い出すのは、あゆむの妊娠中に、水俣フォーラムというＮＰＯ法人のツアー旅行で水俣に行ったことだ。

そのころ妻は市内の別のＮＰＯ法人で、市民活動の中間支援の仕事に携わっており、その関連で「水俣川崎展」開催の企画を進めていた。水俣展とは、日本の四大公害病と言われる水俣病の被害について、写真や映像の展示に加え、患者さんや関係者の講演などをあわせて開催される企画展で、現在まで全国二五会場、一四万人の来場者を数える。公害の原点、環境汚染の象徴として語られる水俣病は、現代社会の政治・経済・社会問題につながる、根源的な問いを今なお突きつけている。硬派で考えさせられる、そんなイベントだ。

そんな水俣川崎展開催に際し、現地の様子を見に行き、患者さんのお話を実際に伺ってみようと企画されたのが、水俣ツアーだったわけだ。

当時、ようやく三〇になった自分は、教科書で教わる程度の浅い知識しかない中、「いったい妻はなにを始めようとしているのか？」「まもなく赤ん坊が産まれるというのに、ひとりで旅行に行くなんてどういう了見なのか？」と半分怒りつつも、そこまで彼女を引きつけるものがなんなのか不思議に思ったものだ。で、ひとりで行かせるわけにも行かず、ふたりで参加することに。結果的に、その後自分も水俣川崎展の準備委員会に関わることになり、会期中は会場案内の解説員をつとめるまで深入りしていくこととなる。

その水俣ツアーでお会いした患者さんやその家族のなかに、胎児性水俣病患者（母親が妊娠中に水銀中毒にかかり、胎児が産まれながらにして水俣病を発症するケース）のお母さんがいて、「子どもは、のさりもん（天からの授かり物）」という話を聞いた。重い障害を抱え、地域社会からも激しい差別を受け、今なお大変な生活を強いられているにもかかわらず、それでもなお「天からの授かり物です」と言える強さ。

公害を垂れ流す企業を抱えながら発展を謳歌してきた現代社会。その一員として生きていく、現代人全体が背負う業のようなものを突きつけられながら、それでも子どもと、家族の絆が確固としてあるその姿が、心に深く刻まれた旅でもあった。

「水俣」との出会いは、自分の人生に少なからぬ影響を与えたし、そこに誘ってくれた妻には感謝している。いい出会いと仲間ができたよね。ありがとう。


芯の強さと柔軟性。

結局妻との関係は、大事な部分での価値観が合っているのだと思う。彼女がどう感じているのかは分からないけれど、自分の人生には多くの影響を与えてくれている。障害児を育てるという一大事業と一緒に。

これからもよろしくお願いします。

「まぁ、いっか！」　広岡ひろみ

最初の子がダウン症だったので、赤ちゃんはこういうものだ、という先入観がありませんでした。笑顔が可愛く、親戚やお友だちもみんな祝ってくれました。

ともかく目の前のこと一つ一つやってきました。心臓のこととか、気をつけなきゃならないことはたくさんありました。先のことはどうなるかわからない。先のことをくよくよかんがえてもしょうがない、という感じでした。

先のことを考えるようになったのはわりと最近のことで、あゆが小学校を卒業し、中学も卒業して、高校にはいってからです。先のこともそろそろ考えなきゃ、と。

歩けもしないときに、大人になったら、どうなるか、と考えても、先のことはわからない。考えてる暇がなかった、というのもあったと思います。

障害児を育てているから大変という事は必ずしもないと思っています。健常児のお父さん・お母さんも常に悩んでいて、そこはあんまり変わらないと思うんです。みんな子どもを育てるって大変なことです。

ただ、あゆの場合、やはり成長という意味では、ゆっくりしているから、できるようになるまで待てるようにはなっているのかな、とは思います。完璧じゃなくていい、自分なりにできる、という気持ちを大事にしたいと思っています。できるだけ自分で考えて、自分なりにやってみるようにしてほしい。また、何か決めるときに、「どうする？」ということを本人に確認するようにしてきたつもりです。

余計なお世話だったのは、泳げるようになってほしいと思って、お友だちが通っているスイミングに通わせました。二〜三年は行ったのですが、本人は行きたくなかったようです。プールが深いのがこわかったみたいでした。

ダンスとの出会いはよかったです。小さいころからかわいい子ではあったけれど、コミュニケーションはあまり上手じゃなくて、ただ楽しいことがあれば楽しそうにしているという感じだった。小学三、四年ぐらいにダンスをはじめたときは、本当に小っちゃかったけれど、すごく楽しそうにしていて、お友だちと仲良くなったり、自分で電車やバスを使って教室に通えるようになったり、成長しました。

その時思いました。時がきたらできるようになる、っていう希望があるというか、この先も変わっていくかもしれない。希望というか、可能性というか、常にあるとは思っています。あたらしいことを始めたり、趣味をみつけたり、好きなものができたり、というのは自分でみつけてくる。また、お友だちとの関係でいろんなことにチャレンジするのは、あるんだなあ、と思う。

子育ては、自分の思う通りにはなりません。また、理想通りの子育ても私にはできません。「ま、いっか」、子どたちが元気で楽しそうならそれでよし、ぐらいに思えないとやっていけない。自分にとっては、いろいろと迷いながら、あとから思うと失敗だったな、とか、どうしてこうなったのか、と思うこともたくさんあります。でも、それでも今、楽しそうにしているのを見ると、「まぁ、いっか」、と気分を切り替えるのはだいぶできるようになってきました。それでも怒りが収まらず私がずっと怒っていると、いろいろな手を使って、怒るのをやめさせようとするのもすごいな、と思います。

子どもには、「自分が楽しい、と思っていることをやってほしい」、最近そういうふうに思えるようになりました。子どもも育ってきたというのもあるし、子どもが自分の力で育っていく、っていうことかもしれません。

あゆの卒業旅行、熱海のリゾートホテルにて

4章
はっきり見える自己主張

二〇一七年春、あゆむ中学入学。

同級生とともに詰め襟の制服に袖を通したあゆむは、地元の中学の特別支援級に籍を置き、卓球部に所属、五つ離れた駅のダンス教室に電車とバスを乗り継いで毎週通う生活がはじまった。

文章の読み書きや、お金の計算などの学習面の課題に加え、身だしなみを整える、朝時間通りに起床する、集団生活のリズムに合わせるなど、生活面での課題も浮かび上がってきた。一方で卓球を続けながら、ダンス教室も欠かさず出席するなど、思わぬところでの頑張りも見られ、あゆの「継続する力」の存在に気づかされた。

さらに、家庭用ゲーム機で「マインクラフト（通称マイクラ）」にはまり、ほぼ同時にYouTube視聴の習慣を身につける。これは家庭、地域、学校以外に、あゆの世界をぐっと広げてくれるとともに、家の中での新たな軋轢を生むことにもつながった。「ひとり暮らしをしたい」「結婚する」「YouTuberになる」など、将来の希望や夢を口にし出すのもこの頃からだった。

第二次成長期を迎えなにかと難しいこの時期、書き残す内容にも今まで以上に気を遣いつつ、将来に向けたいくつかの楽しみな面が見えてきた。高校入学までの三年間をご覧いただきたい。

失敗でつく「力」

ある休日の午前中、たまった家事を片づけるべくあゆむと大地に手伝いを言いつける。掃除、洗濯、皿洗いとあっても、できるだけ同じことをさせないようにしている。理由は簡単、すぐに喧嘩になるからだ。

「だからさぁ、オレがここやってるの。あゆはあっちいってくれない？」

「どうしてぼくばっかり（掃除機）かけてるわけ？　大地も手伝いなさいよ！」

と、自分の貢献度をアピールしつつ、相手の働きの悪さを指摘する。お互いに協力してさっさと終わらせよう、なんて方向にはついぞ向かず、醜いディスリ合いが展開される。だから、あゆむは洗濯物干してね、大地は子ども部屋のお片づけをお願い、というようにそれぞれの活動場所を分け、依頼内容も分けるようにしている。

遊び方でも違いが見える。

大地と七海は負けず嫌いで、どちらも自分が勝つまでやろうとする。なのでこの二人はどうしてもぶつかることが多く、たとえばカルタなど、七海から「大地は取らないで！　読む係り！」なんて言われることになる。

そんな七海は、人形遊びやごっこ遊びが上手で、同じくこの分野の遊びがうまいあゆむとはなかなか馬が合うようだ。二人で肩を並べてYouTubeを観ているし、視聴後にあゆむが

YouTuberをまねてにわかスタジオで収録を始めると、本当に楽しそうに七海も加わっている。

「はい、こんにちは～、Hikakin &あゆむで～す。今日はマインクラフトのゲーム実況をしていきます。その前に、こちらをご覧ください。じゃん！　新発売のフルーツアイスですね。コンビニでさっき買ってきました～（以下、延々と続く）」

まずは模倣から始まるごっこ遊びだが、アドリブで加わるオリジナリティがほほえましく、またそこに物語を紡ぐ力が感じられる。


さてそんなあゆむだが、先日こんなことがあった。

日曜日に近所でお祭りがあって、大地と七海を連れて会場に向かった。あゆむは世田谷のダンス教室に一人で参加していて、終わったらお祭りに合流することになっていた。予定の時間を少しオーバーして、携帯が鳴る。あゆむからの着信だ。

「あゆ、ダンス終わったの？　いまどこ？」

「ごめーん、チャージがなくなった」

「えっ、Suicaのチャージがなくなっちゃたの？」

「う～ん」

「で、いまどこにいるの？」

「登戸。入れないよ～」

「わかった、そこにいてね。いま迎えにいくから」

「うん、ごめんね〜」

三〇分後に登戸駅に着いてみると、あゆは改札の外でしゃがみ込んでいた。パニックを起こした様子もなく、駅員さんに世話になった風でもなかった。ちょっと照れくさそうに、「ごめんね〜。チャージが無くなっちゃったんだよぉ」とのこと。ふーん、ちゃんと待っていられるんだ、たいしたもんじゃん。

これも経験。これからもきっといっぱい困ったことが起こるはず。親に連絡がつかない場面も出てくるだろう。そんなときでも、何とかやり過ごすなり、頼れる誰かにSOSを出すなりしてほしいと思う。ピンチを乗り越える「力」、困難をやり過ごす「力」は、本当に困ってみないと身につかない。

にしてもさぁ、やっぱりお金の計算できないとまずいよねぇ、あゆ。数学の勉強、がんばってください。

ひとり暮らしへの道

入学式でもらってきたひとそろいの書類の束に、「お子さんのことを教えてください。これからの課題は何ですか?」とあった。提出先は特別支援級だ。

四月、あゆむは一三歳になった。

同時に、小学校を卒業して、中学に入学。真っ黒な詰め襟に身を包み、徒歩七分の学び舎に通い始めた。

あゆむは大きくなった。身長一四〇センチ、体重三〇キロ、ちょっと小柄だけれど体はがっしりしてきた。ずいぶん前に声変わりをし、最近ではうっすら髭も生えてきた。趣味はYouTubeを観ることで、家ではイヤホンで音楽を聴く時間も増えた。歌はいまいちだけど、ダンスはなかなかのもので、星野源の「恋ダンス」なんかかなり見応えがある。

お金の計算はできないけれど、溝の口くらいはSuicaで単独往復できるし、山形のおばあちゃんちへのひとり旅もすでに二度成功させている。

日常生活には「安倍首相」「中国」「アメリカ」「原発」などの単語が顔をのぞかせ、ニュースにも興味がある。断片的で浅い理解ではあるものの、「北朝鮮ってばっかじゃないの？ ミサイル、怖いよねぇ」なんて、ドキッとすることも口にする。

さて、入学式でもらった書類には、いろいろ迷って、こう書いた。

「まわりのことはずいぶん気にかけられるようになってきましたが、まだまだ夢中になると自分のことでいっぱいになってしまいます。勉強は、お金の計算と時計が読めるようになれば、日常生活は何とかなるかと。一八歳になったらひとり暮らしをさせようと思っており、そのための力を付けさせたいと考えております」

そう、この先の六年間は、あゆむ自律のための時間。本人の成長はもちろんだけれど、親の子離れも大切なテーマだ。ちょっと重めの課題も含め、自立という大きな目標に向けあゆむの軌跡を追っていきたい。

春のお勉強週間

四月に児童家庭支援・虐待対策室へ異動した。「こども未来局で」という希望がかない、これで七局目の異動。心機一転新たな分野でのスタートを切る。ちょっと重いテーマだけれど、とても公務員っぽい仕事で、割と気に入っている。

さて、七海の卒園・入学もあって、今年の春休みは、例年になくあわただしく過ぎていくこととなった。子どもたちが心待ちにしている長期の休暇は、一方で大人側にしてみるとなかなかに頭の痛い期間でもある。「どこかに遊びに連れて行ってやりたい、けれど金がかかる」とか、「放っておくと一日中やり続けてしまうゲームやテレビにどう制限をかけるか」等もあるが、「長期休暇プラス、その前後の給食のない期間の昼食準備」が最大の悩みかもしれない。

とはいえ、子どもと過ごす時間が増えるこの時期、夏休みのように学校から宿題が出ないこともあって、「春のお勉強週間」にしてみることにした。

まず七海。お入学に際して最も心膨らむ季節で、人生で最高に向学心が盛り上がるタイミングでもある。そこで彼女にとっては未知の扉である「漢字」の練習をすることにした。選んだのは学習参考書の分野では近年まれにみるヒット商品となった『うんこ漢字ドリル』。例文全てに「うんこ」の文字が入り、小学生にはあらがえない魅力に満ちたドリルだ。「うんこですらすら文字を書く」「うんこから歯が生えてきた」など、頭の固い大人は卒倒しそうな例文であふれているのだが、この世界観にはまると何とも楽しいのである。もちろん七海も大はしゃぎで、うんこ漢字ドリル、うんこ漢字ドリルテスト編と進み、あっという間に二年生の範囲に突入してしまった。

つづいて大地。こちらは最近、謎解きパズルがお気に入りで、練馬の実家に遊びに行くと、きまって祖父に新作パズルの出題をせがんでいる。内容的にもかなり高度なものまで挑戦しているので、この線で算数の難問にチャレンジさせることにした。こちらも近年ドラマで話題になった「下剋上算数」を選んでみた。かなりのテクニックを要する計算問題に加え、つるかめ算や過不足算などの文章題、そして円や立体などが登場する図形の問題が並ぶ。方程式は使えないルールなので、線分図を駆使し、さまざまな解法を試す。長い時間悩んだ末にやっとたどり着いた正解が、実は補助線一本であっけなく解けるさまは、まるで謎解きパズルのようだ。

そして、あゆむの課題は、足し算・引き算、お金の計算、時計の読み方。これは小学校以来の半ば永遠のテーマになっていて、ゆっくりゆっくり歩んできた。下の二人とは違って、明らかに嫌々勉強に向かうので、あゆむとだけは一緒に書店に足を運んでみる。

「いっぱいあるね、どれにする？」「うんーん、数学かなあ」「ちょっと難しすぎない？　まずは算数ドリルのこれでしょ」と、さりげなく小学一年生の問題集を差し出す。なんだか不満そうだ。「まずは自分のレベルにあったものじゃないと続かないと思うよ」とは言ったものの、気に入らないものを続けるのも苦痛だろう。それでも一桁の足し算からつまずくのだから、本人もしぶしぶ納得した様子だ。

「じゃあ、あゆの得意な漢字ドリルも一緒に買っていこうか」と水を向けてみると、ちょっと嬉しそうだ。実力を考えると、小学生の問題集がちょうどいいのだけれど……。いくつか薦めてみるも、こちらはがんといって聞かない。「中学の問題集は、文章が難しくて読めないと思うよ」「ううん、ダメなんだよ！　こっちじゃないとダメ！」「だって一人で答え合わせできないと困るでしょ？　小学生五年生くらいのはどう？」「イヤ！　中学生ので大丈夫‼」と、しまいには怒り出す始末だ。

うーん、単元を進めるの大事だけれど、そもそも勉強をやる気にならなかったら意味ないか。机に向かう習慣をつけるのも、大事な目的だし……。「よし、じゃあこの中学生の漢字ドリルにしよう！」「うん！　だってボク、せんぱいになるんだよぉ‼」と本人もとても嬉しそう。

「先輩」かぁ。二年生になると、サポート級にも部活にも後輩が入ってきて、きっと一生懸命お世話を焼くんだろうな。そういうの得意だし、好きだもんね、あゆむ。ちょっとあゆむのプライドを傷つけちゃったかな。反省。

大物、なのか?

ゴールデンウィーク前半、目が覚めると居間にあゆむだけがいた。七海は妻と水泳の大会へ、大地は友達と映画へ。やばっ、もう起きなきゃ。

あゆむに朝食の支度をお願いして、自分はベランダへ。洗濯物を干しながら「野菜スープ火にかけて、パン焼いておいて。昨日ママがバナナ買ってきてたから食べよっか」と、キッチンへ指示を出す。「うん、わかったよー。おれはご飯にしよっかなあ」と軽い返事。ひとりではちょっと危ないけど、少しずつ火も使わせないとね。

準備ができて、急いで食事。一〇時豪徳寺のダンス教室に間に合うためには、あと一五分で家を出なければならない。「それでは今日の朝ご飯をはじめまーす。今日は、昨日の残りの野菜スープと、鮭フレークのご飯でーす。」と、あいかわらずうるさい。「YouTubeの放送はいいから、早く食べちゃいな!」と軽く叱責。ほとんどこたえた様子もなく「帰ってきたら、お掃除しよっか。お昼は、登戸であれ、あれっ、どんぶりに牛肉のやつ」なんて、さらにおしゃべりは続く。牛丼が食べたいらしい。

と突然「あっ、電話しなっきゃ」と席を立つ。「どこに？」「学校、先生に」。きょうは卓球部の練習と重なっているらしく、そちらは欠席の連絡を入れるのだという。後輩が入部してきて、以前にもましてちゃんとしなきゃという姿勢が伝わってくる。

「卓球部の広岡です。今日の練習お休みします。ダンスがあってぇ。はい、はい、はい、はい……。」結構しっかりしてきたなあ。ちょっと嬉しい。

いま通っているダンス教室は、木曜が溝の口、日曜が豪徳寺。日曜は世田谷区のチームと合同で、二〇二〇年東京オリパラに向け、何かと忙しくなってきている。障害児・健常児混成のチームなので、結構いろいろなイベントに声がかかる。以前のようなお遊戯会に毛の生えたレベルを徐々に脱し、パフォーマンスも本格的になりつつある。こちらもちょっと楽しみだよねー。


さて本題は七海の怪我。先日、妻と二人で自転車で出かけ、血だらけで帰宅した。なんでも壁に激突したとのこと。左側が腕から肘にかけて派手にこすれている。拳も一部えぐれていて、かなり激しくぶつけたことが分かる。翌日は水泳の大会なのに……。

でも小学一年生とはいえ、自転車には二年近く乗っている。ブレーキのかけ方は甘いし、たまによそ見しながら運転しているけど、ここまでの怪我は珍しいよね。どうしたの？

「うん、目をつぶってみた」

「えっ？　目を閉じて乗ってたの？」

「うん、できるかと思って」

「で、どうだった？」

「だめだった」

そりゃそうだろ。しかも妻の言によれば、目を閉じてすぐに壁に激突したとのこと。まっすぐ運転する技術もないのに、よくそんなこと思いつくもんだ。たとえ思いついても、実行するかしら？　しかも、目を閉じたらすぐに恐怖がおそってくるでしょ？　そのまま走り続けるって、どういうこと？


おもしろいよね、子どもって。

世界は、日々驚きと発見に満ちている。そんなドキドキ、わくわくを毎日生きて、試行錯誤を繰り返す。失敗したらそれはそのとき、先生や親にしかられることもあるけれど、気になることはやってみたら？「やってみたい！」がたくさんある人生、パパはそれがうらやましい。

まあ、大けがしない程度に、ねっ。

HAPPYな誕生日

「あゆは誰を呼びたいの？」

朝の食卓で、再来週に予定している誕生日会のご招待リストの話になった。

「サトルでしょ、ミキでしょ、レンとあや先輩。カズはもう予定があるって。あとNちゃんかな」

「夕方五時スタートでいいよね。ケーキはどんなのが食べたい？」

（Nちゃんか……。）子どもたちと妻の会話を聞きながら、早春の菅生緑地の光景を思い出していた。小さな女の子と、小さな男の子、とっても仲良しな二人の、八年前のこと……。

あゆむが保育園に入園したのは0歳児の春。三歳まで自力で歩くことができなかったあゆむは、園の先生やクラスのお友達、近所の大人たちの手を借りながら、ゆっくり成長していった。

そんな保育園の同じクラスにいたのがNちゃんだ。Nちゃんは歳の離れたお兄ちゃんとお姉ちゃんがいて、明るく活発な、ちょっと大人びた子だった。

「あゆってホントかわいい‼　ぎゅってしちゃうんだ、いつも！」。手の掛かるあゆむのお世話を、積極的に焼いてくれるNちゃん。冬になると四六時中鼻を垂らしていたあゆむに、いつも寄り添ってくれていた。あゆむもちょっとお姉さんっぽいNちゃんのことが好きで、「N、N」って、よく一緒にいたっけ。

あれは卒園を控えた三月のこと。Nちゃんのママから「Nがあゆくんと遊びたいっていうんだけど、どうしても私が仕事に出なきゃいけなくて。まさおくん、お願いできないかな？」とメールが入った。

天気も良かったし、三人で車で菅生緑地へ。小高い丘の上にレジャーシートを敷いて、いつの間にか保育園児二人のおままごとが始まっていた。

最初のうちこそ端っこで参加させてもらっていたのだけれど、あんまりにも二人が楽しそうで、なんだかこっちまで幸せになってきて、邪魔しちゃ悪いかなぁ、なんて気を利かせてそっと抜け出した。ハッピーオーラがまぶしくて、早春の菅生緑地に午後のお日様が降り注いで、空気がとってもきれい。この瞬間がこのまま永遠に続いていきそうな、そんな感じがした。

二人の会話は聞いていない。なんだかそんなことしちゃいけない気がしたから。

さて、今年のあゆむの誕生会も大盛況だった。小学生、中学生、高校生まで参加して、たくさん食べてたくさんおしゃべりした。あゆむとMくんの喧嘩なんて一幕もあったけど、最後はあゆむ自身のオリジナル創作ダンスで幕を閉じた。

あゆむのおもてなしの気持ち、みんなに伝わったんじゃないかな。

結局Nちゃんは来なかった。

Nちゃんのママから「せっかく誘ってくれたのにごめんね。その日はもう予定があるみたい。またみんなで集まりたいね！」って、メールが届いたきりだった。

休日の道ばたで出会うNちゃんは、ばっちりオシャレをして、もうすっかり「女子」だ。「あゆくん大好き！」とかわいがってくれた、あの頃のNちゃんではない。もちろんあゆむだって、小さなかわいいあゆくんじゃなくて、髭だって生えてきた第二次成長真っ盛りの中学二年生だ。

二人とも立派に成長したよね。八年も経ったんだから当たり前か。

でもさ、おじさんは知っているんだ。

あの春の菅生緑地で、とっても楽しそうにしていた小さな女の子と、小さな男の子のこと。きゃっきゃっ、きゃっきゃっといつまでも、いつまでも続いていたおしゃべりのこと。ちっちゃなちっちゃな、かわいいカップルのこと。

0点の気持ち

夏休みが終わり、二期制のあゆむの中学校では期末テストが行われた。彼が受ける科目は音楽と保健体育。どちらも実技主体で、筆記テストはおまけみたいなものだ。

ところがそのおまけみたいなテストに、あゆむは歯が立たない。これまでもみんなと同じ試験問題に挑み、ことごとく敗れ去ってきた。何しろ全く点数がとれないのである。そんなことだからテスト前になると、連絡帳に「今回のテストはどうされますか?」とサポート級の先生のコメントが届く。他の科目も受けてないのだし無理をしなくてもよい、と言う意味なのだが、やっぱり勉強はさせたい。

そこで直前一週間は、あゆむの試験勉強につきあうことにした。ひとりでは机に向かわないのならば、仕事を早めに切り上げて一緒に勉強してみようというわけだ。保健体育は「教科書四六〜五七ページ　健康と環境」、音楽は「教科書四〜三三ページ　フーガ ト単調、夏の思い出」と出題範囲は明確で練習用のプリントまで渡されている。学生時代の苦手科目だけれど、これなら何とかなりそうだ。

教科書を開いてみると……、

「フーガ ト短調：バッハが作曲し、小規模ながら荘厳な雰囲気を持つ名曲」

「クレッシェンド：音楽の強弱の記号の一つ。次第に強く演奏することを示す」

「暑い環境にからだが適応できない状態を熱中症、寒い環境に適応しきれない状態を低体温症という」

なるほどね、どれも読めば納得。大事なキーワードを穴埋めさせるプリントも、教科書を読めば難しくない。何度か繰り返せば、あゆむでも何とかなるんじゃないか？

テスト勉強開始初日は、一緒に教科書を音読し、問題集をコピーして解き、意味の分からないところは調べ学習も実施。なかなかの滑り出しだった。

しかし、二日目でさっそくつまづく。

「教科書がない。学校に置いてきた」（実際はカバンの奥に隠してあった）。「夜遅いから音読はやれない。近所迷惑だから」（なんだそりゃ⁉）。「テーブルはイヤだ自分の机でやる」（どうせ音楽聴いて集中できないくせに）。とまあ、勉強をやらない、やれない理由をあれこれ繰り出し、三〇分以上のすったもんだの末、何とか机に向かわせた。

結局翌日も、その次の日も、なんだかんだ言い訳をして勉強から逃れようとする。（意識付けが足りないのかなぁ？）（あゆむの好物を夕食を作ってみたんだけど）（このページが終わったら、休憩を入れて、好きなコーラでも飲ませてあげようか）などなど、いろいろと試行錯誤をしつつ、試験当日を迎えた。

翌日首尾を聞いてみると、一応全部できたとのこと。ちょっと期待してみようか。二桁までは無理でも、何問かは丸がついて、五点くらいはいけるんじゃないか？　と思ったのだが……。

ふたを開けけば、今回も結局0点。

0点って、ひとつも合ってなかったってこと？　すべて不正解ってこと？　それって、どういうこと？　嫌々ではあったけれど、あれだけ準備して臨んだのに、ひとつも正解できないって、問題の方が悪いんじゃないの？　ちょっと学校にクレームつけようかしら。努力の跡に対して、もう少し評価してくれてもいいんじゃないのかなぁ。ひどいよねえ……。

と思考はあらぬ方向に向かう。学校や先生を非難しても何にもならないことを分かっていながら、それでも0点の原因をどこかに求めたくなるのだ。だって、あんだけ勉強したのに（あゆむが）、あれだけ勉強つきあったのに（自分が）。

音楽は0点だったけど、後日返却された保健体育は一点だった。点数がついたことが嬉しく

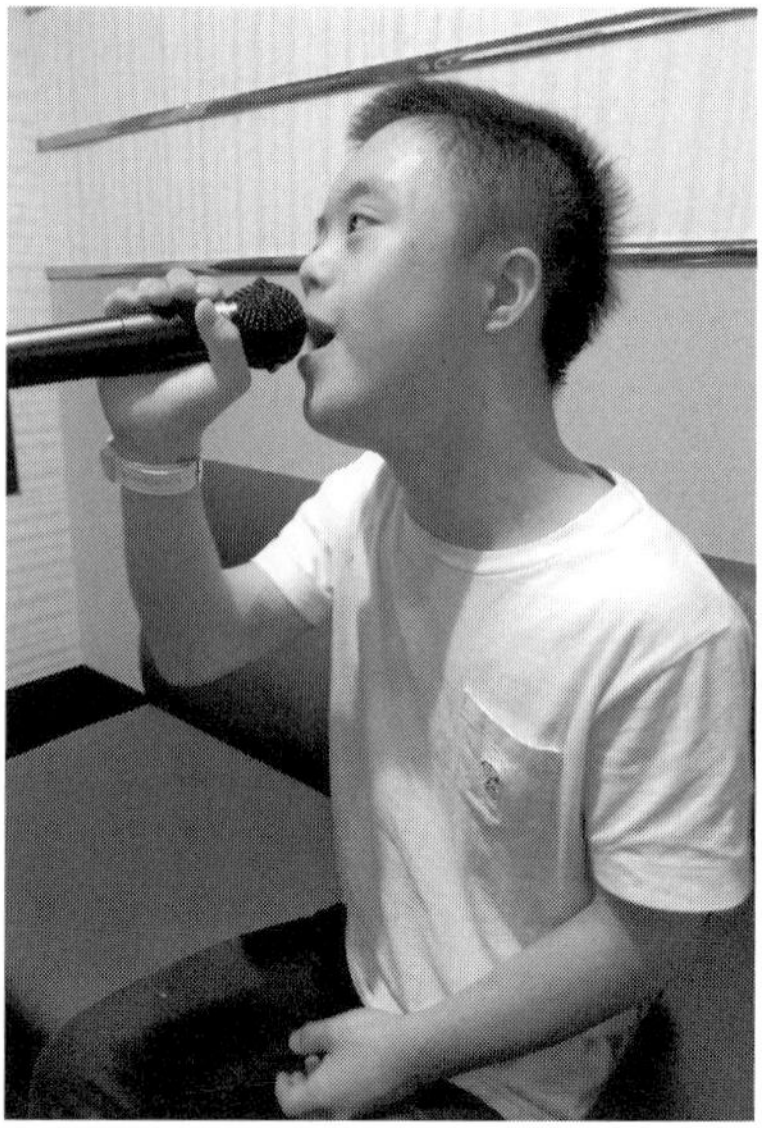
カラオケ店で歌う 2019年

て、二人で定期テストの打ち上げと称してカラオケへ。本人はきらびやかな内装のカラオケボックスにすっかりご満悦、とても楽しそう。一点取れたのもよかったよね。

しかたない、結果は結果としてしっかり受け止めよう。一番傷ついているのは、他でもないあゆむだろうし。先生とも相談して、みんなと同じテストではなく、別のテストをお願いするとか、何か方策を考えよう。頑張っても超えられない壁があることもはっきりしたし、やってみたからこそ分かったこともある。

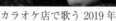

U・S・A事件

自分は、制服に縁のない学生時代を過ごした。都内にある私立の中高一貫男子校で、制服も校則もない、非常に自由な校風だった。教師があんまりにも干渉してこないので、逆に不安になったことを覚えている。学校内での立ち居振る舞いや、外に出た時の一般常識など、友人や先輩から教わったことも多い。

ある日の夕方、携帯に妻からこんなメールが来た。

「ちょっとこれ酷くない？」とだけあって、写真が添付されている。

（あゆむが任天堂Wiiをやっている、よね。ゲームの画面がどうした？）と、はじめは訳が分からない。ああ、頭はさっぱりしてるね、髪切ってきたのかな？　今朝美容院に行くとか言っていたっけ…⁉（なんだ、こりゃ！）

写真をよく見ると、きれいに刈り込まれた髪型の、耳上の部分に「U・S・A」と文字が浮かんでいる。やるじゃん、あゆむ！　思い切ったねえ、面白い。どうやら行きつけの美容室でお願いして、やってもらったらしい。妻に見つかって、再度美容室に。結局バリカンをもう一度入れてもらって、ほとんど目立たないようになるまで短くしてもらったとのこと。

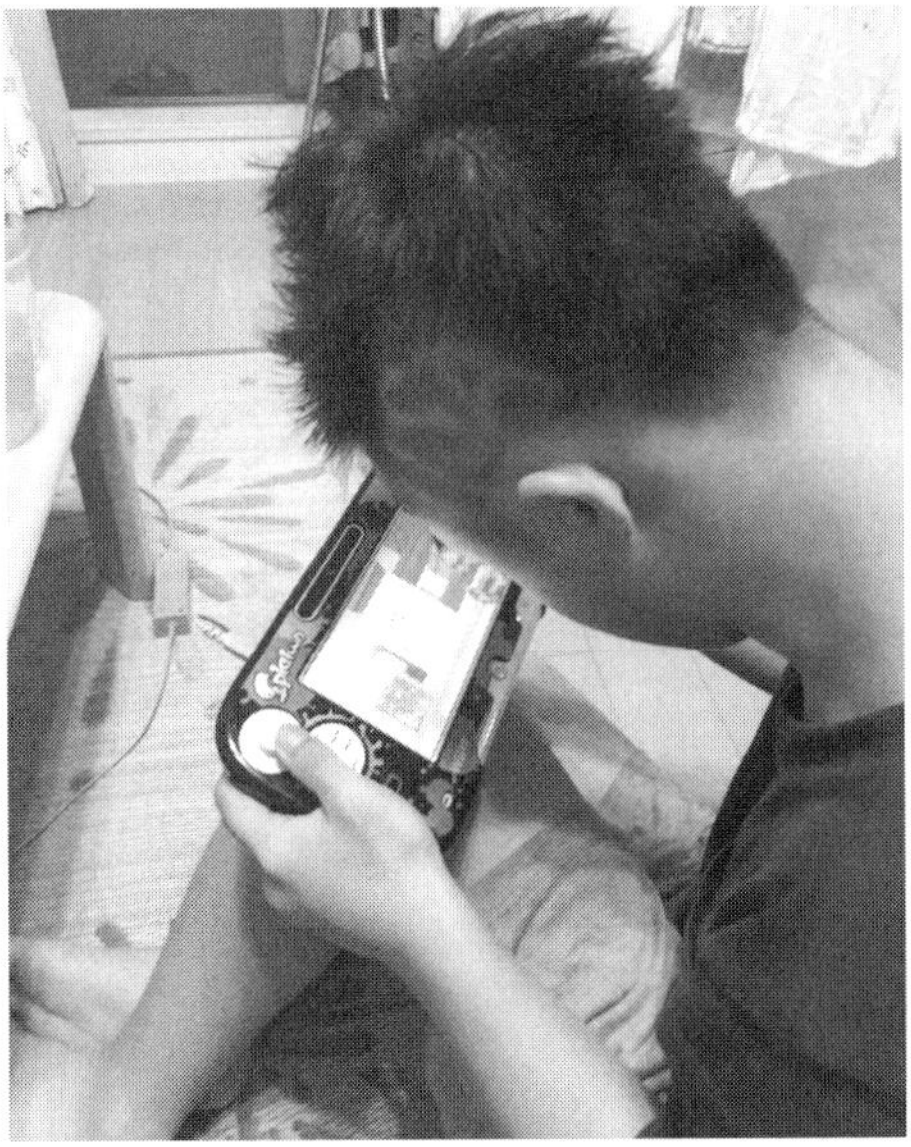

U.S.A. 2019年

ダンスグループDA PUMPの「U・S・A」がはやっているから、YouTubeでヒントを得て誰かのまねをしたのだろうけど、そうやって好きなことを自分なりに表現しようとしたことがなんだか嬉しかった。でも、あっという間に母親に見つかって、やり直しさせられてやんの。そういえば自分も、高校時代にピアスの穴開けて、親に強制的にやめさせられたことがあるなあ。と、しかし、話はここで終わらなかった。

翌朝、いちおう事の顚末を学校にも説明した方がよいだろうということになり、一緒に登校することに。ほとんど目立たなくはなっているものの、見る角度によっては「U・S・A」とうっすら判別できる。あゆむの頭を見せながら、サポート級の担任の先生に話すと、はじめは笑って聞いていた彼女も、「これはほかの生徒に見せられないかも」と途中から困惑顔に。結局「生徒指導の担当とも話してみます」となった。

その日の夜、あゆむ本人の話と、学校からの連絡帳を合わせて読むと、どうやら「一週間は部活動参加不可、交流級への出席も不可。サポート級で授業を受けること」となったとのこと。ひえーっ、厳しいー。髪型の乱れは心の乱れ、ですか？　部活動停止はわからないでもないけれど、授業への参加も不可って、やり過ぎでしょ？　たかだか髪型ひとつで、学習の機会まで奪われちゃうわけ？　しかもほとんど目立たなくなっていて、本人もちょっとやり過ぎたかなと反省しているわけですよ。別に、いまの中学が荒れてどうしようもないわけでもなく、生徒への影響を心配するにしても、一言説明して「学校は遊びに来るところじゃないぞ」とでも言っておけば済むことでしょ。

と、いろいろと言いたいことはあったのだが、本人も受け入れている様子だったので、妻と相談の上これ以上は干渉しないことにした。

学校は一般社会の様々なことを学ぶ場所である。当然その中には清潔な身だしなみや、TPOに合わせた服装・髪型を身に着けることも入るのだろう。でも、ちょっと変わった髪型で登校することが、誰かに不快な思いや迷惑をかけるのだろうか？

卒業後の進路は、教師や公務員、サラリーマンばかりではない。会社のような大集団の職場もあれば、YouTuberのように自宅での作業が中心の仕事もある。ましてやあゆむはネクタイを締めて通勤するような仕事につく可能性は、あまり高くない。できれば自分を表現するような仕事に就いてくれたら、と親ばかに思うこともある。もしそういった仕事に就くのだとしたら、髪型も含めた「どう見せるか」は「仕事」の一部になる。いずれにしてもそういった周りの反応と、どう折り合いをつけていくかはあゆむ自身に判断させたいと思う。

あゆむの「やりたいこと」の一端が見えた、ちょっとホットな事件の顛末でした。

卓球部と友達のこと

「第三位、広岡あゆむさん。おめでとう！」

「障害者スポーツ卓球大会」の中学生の部、銅メダルを首にかけて

ここは川崎市リハビリテーション福祉センターの体育館。「障害者スポーツ卓球大会」の中学生の部のなんと表彰式だ。あゆむの胸には銅メダルが輝き、本人はとても誇らしげな顔で写真に収まっている。うーん、やるなあ、あゆむ。

　中学に入って選んだ部活は卓球部。町田の専門店に一緒にラケットを買いに行き、部員特注のTシャツも揃えた。皆勤賞とはいかないまでも、練習にはほとんど参加していて、ラケットにボールは当たらないのだけれど、サーブをするときの構えはなかなかにさまになってきた。きっと顧問の先生がとても丁寧に指導してくださっているのだと思う。体力的に劣り、理解力も低く、集団行動からはどうしても遅れてしまうあゆむが、これだけ続けてこられているのだから。

　ただ、点数を数えられないあゆむは、公式戦はもちろん、練習試合にも声がかからない、だから冒頭の「障害者卓球大会」はあゆむが参加した唯一の公式戦ということになる。

あゆむが部活を続けられているもう一つの理由に、Rくんという友達の存在がある。一般級に通うRくんは何かにつけてあゆむと行動をともにしてくれ、卓球部にも誘ってくれた、とても優しい男の子だ。通りを挟んではす向かいのマンションに住んでいて、部活のない休日には「あむくん、いますか?」と誘いに来てくれる。うちでゲームをすることもあれば、Rくんの家におじゃまして弟も一緒に遊ぶこともある。あゆむいわく、「Rは俺の親友」なんだそうだ。

あゆむなんかといて退屈しないのかな? なんて余計な心配をしてみるのだが、お互いにふざけあったり、ちょっと言い争いをしたり、なんのこだわりもなくとてもいい関係なのだ。Rくんに連れられて、土曜日には、二人で部活をさぼったりもしているとのこと。あんまりまじめで一生懸命すぎないところも、いい関係でいられる秘訣なのかもしれない。やるじゃん、二人とも。

そんなRくんが二年生になって、卓球部を辞めた。あゆむも一緒に辞めちゃうのかなと思いきや、その後も細々と続けている。

卓球部を辞めたRくんは、わが家に遊びに来ることもほとんどなくなり、あゆむの口からRくんの名前を聞くこともめっきり減ってしまった。風の噂に、学校にもあまり来られていないのだとか。なんだかとても残念なのだけれど、そんなことはよくあることだと、あまり気にしないようにしている。

あゆむに話を向けると「中二になって、ぐあい悪くなったり倒れたりして、大変だったんだよね。学校にも来なくなっちゃったし。心配だった」とのこと。

あゆむにとってとても大切な友達のRくん。きっとRくんにとっても、あゆむは大事な存在だったに違いない。くっついたり、離れたり。このころの友人関係は移ろいやすい。それぞれに問題も抱えるころだ。それでも中学生の一時期、あゆむと楽しく一緒に過ごしてくれたRくん。これからもよろしくお願いします。

ダンスでおもてなし

アメリカの大学で教えているおじさんが、学会で日本に来るというので、中華料理やで食事会があった。おじさんの研究パートナーで、メキシコ人のエンリケも同席していて、食事会は英語と日本語が混ざり合った、なんとも楽しい時間になった。

せっかくの機会なので、大人たちは片言の英語で会話を進めていった。中学に入学したての大地は覚えた単語を必死に駆使して、なんとか質問をひねり出していた。一方あゆむは、堂々と日本語で会話に挑み、ちゃっかりおじさんに通訳をやらせて、エンリケとYouTubeについてコミュニケーションを成立させている。やるなあ、あゆむ。

食事が一段落したところで、あゆむがおもむろに立ち上がり、エンリケにダンスを見せたいとのこと。最近の宴席では、決まってこのパターンになるのだが、結構座持ちがするのでこち

ダンラボで、2019月5日

らも助かっていたりする。

あゆのダンスを見終わったエンリケは、とても気に入ってくれた様子で「Very good! Nice guy!」とコメントをくれた。

あゆむがヒップホップダンスを始めたのは小学三、四年生のこと。当時通っていた障害児の放課後デイサービス施設で、メニューのひとつにダンスの時間があり、そのご縁で土日の教室にも参加するようになった。

講師の先生方が、若くてきれいな女性なのと、同じ教室に通っている仲間も一〇代から二〇代の女の子が中心なこと、それから根っからの目立ちたがり気質も相まって、とても楽しく続けている。中学生になってからは、木曜夜の教室にも、ひとりで電車とバスを乗り継いで通っており、あゆむの大切な生活の一部分になっている。

ダンス教室を運営しているのはＮＰＯ法人ダンスラボラトリー（通称ダンラボ）といい、障害児が中心ではあるものの、健常のメンバーも結構いて、毎月のように各地のイベントにお声がかかるとても活動的なＮＰＯである。ダンラボの目下の目標は、２０２０東京オリパラのエキシビジョンの舞台に立つこと。ある作曲家からオリジナルの楽曲の提供を受け、二〇一九年一月にはバレーボールトップリーグのハーフタイムショーもつとめた。また英国のプロのダンスチームとの交流の様子が、ＮＨＫの首都圏ネットワークで放送されたこともある。

そんなふうにいま勢いのあるダンラボの中心メンバーとして活動しているあゆむなのだが、先日、こんなことがあった。二〇一八年秋のカワサキハロウィンで、ダンラボメンバーがアメコミコスチュームで仮装してパレードに参加し、みごと「トリック・オア・トリート賞（副賞コカコーラ一か月分）」を受賞、その打ち上げの席でのことだ。

参加した各自に飲み物がわたったタイミングを見計らうように、おもむろに席を立ったあゆむは、コーラのつがれたグラスを掲げてこう言った。

「みんな、今日は川崎のために頑張ってくれてありがとう。乾杯‼」

「オッ‼」「乾杯！」「乾杯‼」

朝から準備で疲れた体と、思いがけずいただいたすてきな賞による高揚感で、打ち上げの席は大いに盛り上がった。

しかし、こんな気の利いた乾杯の挨拶は、大人だってなかなかできない。簡潔に、的確に、参加メンバーの思いを代弁し、しかもちゃんとみんなの頑張りをねぎらう。たいしたものである。

学校では、集団活動についていけない場面も多いと聞いているのだが、ダンスにおいてはしっかりと中心メンバーとしての役割を果たしている。もちろん元来の目立ちたがり気質が大きいと思うのだが、これだけ物怖じしないで自分を表現できる中学生はそんなにいないんじゃないかとも思う。

まあ、もちろん親ばかなんですが、あゆむのこうした得意分野を伸ばしていくことが、彼の将来につながっていくようにも感じる。とまあ、なんだか楽しみの多い昨今なのである。

いざ六本木へ、お仕事見学！

あゆむが所属するヒップホップダンスチームに、Mちゃんがいる。学年はあゆむの六つ上、明るく活発で面倒見の良いダウン症の女の子で、ダンスラボラトリーのエース的存在だ。中二の春に、群馬県の農村で田植えイベントに行かないかとMちゃんのお母さんに誘われて、あゆむだけ参加させていただいたときは、ＪＲの車中で二時間、ふたりでなにやらひそひそ話に花を咲かせていたそうである。あゆむにとってのお姉さん的存在で、Mちゃんも何かとあゆむを気にかけてくれている。

そんなMちゃんが、六本木ヒルズのイベントでキッチンカーを出すと聞いて覗きに行った。Mちゃんは高校はサポート校を卒業し、その後いくつかの就労支援施設に通ったり、ピラティスのインストラクターの資格を取得したり、ダンスのオーディションを受けてみたり、とにかく様々なチャレンジをしている。今回はその一環で、都心のオシャレなイベントで、売り子の体験をするというわけ。

アジアンテイストのキッチンカーはしゃれたデザインで、東京ミッドタウンというロケーションにぴったり。料理もおいしく、接客もスムーズで、お目当てのMちゃんも立派にスタッフの仕事をこなしている。笑顔もなかなか板に付いていて、なるほどね、こんなふうに働くのもありだよね。Mちゃんサービス業向いているかも。

ちょっとお腹が落ち着いたところで、こんどはお隣の六本木ヒルズにも行ってみよう。こちらが実は本命、あゆむの大好きなYouTuberが多数所属するプロダクション、この分野では日本の草分けでもあるUUUM株式会社（ウーム株式会社）本社が入っている。その日は休日ということもあって、ビルのエントランスは人の出入りがほとんどなくひっそりとした雰囲気だが、一人あゆむだけは大興奮の様子だ。

「あっ、UUUMの看板だ！」

「HIKAKINさんのUUUMなんだね」

「すごいね、東京！　東京にやってきました!!」

なんて一人で盛り上がっている。

よし、せっかくだから記念撮影だ！

「さっ、あゆ、その看板の前に立って。写真撮るよ」（パチリ、パチリ）と、シャッターを押したところで警備員が飛んできた。

「すみません、ここは撮影禁止なんです」

ちぇっ、少しくらい問題ないじゃん。誰もいないんだしさ。

撮影後は、あゆむの希望もあって同じ敷地内のマクドナルドへ。なんでもUUUM所属のYouTuberが、打ち合わせをしていることもあるんだとか。ビッグマックセットをほおばりながらも、あゆむの興奮はなかなか冷めない。もし彼の夢が叶って、ちゃんと稼げるYouTuberになることができたら、こんどこそはUUUMの社内見学もさせてもらおうかな。ちょっと夢が膨らむ、六本木社会科見学でした。

高校選びは、未来の選択か

二〇一九年四月、中学最終学年に進級したあゆむは、さっそく三者面談に臨んだ。サポート級の担任は三年目となる女性のM先生、交流級の担任は一年生の時にもお世話になった男性のA先生だ。あゆむはA先生がお気に入りのようで、クラス分けが決まったときには「またA先生だよ、いやになっちゃうなぁ」などと心にもないことを言って、にやついていた。あゆむが男性の先生を気に入ることは滅多にないので、よほど馬が合うのだろう。

さて三者面談は、M先生と両親、あゆむ本人の四名で始まった。ひとしきりA先生と交流級の様子にふれた後、話題は高校選択に移った。

川崎市内の特別支援学校は、かなりの数があり、障害の種別や重さによって、ある程度のレベル分けがなされている。またそれとは別に、一般校との交流の頻度や、職業訓練へのスタンスの違いなどがある。

昨年の早い段階から、いくつかの特別支援級の見学会に本人と足を運び、養護学校以外の選択肢としてインクルーシブ校（一般級と特別支援級が同じ学校で学ぶ）やサポート校（おもに不登校経験のある生徒が対象。ドワンゴ（IT系の企業）が経営する「N校」が有名）も検討したが、いまのところ市内の通いやすい特別支援校が良いだろうというのが妻との一致した意見だ。

M先生「あゆむさんはどんな高校に行きたい？　昨年は、中央支援学校に行く生徒が多かったけど」

あゆむ「中央支援学校がいいです」

M先生「どうして？　中央支援の分校もあるけど？」
あゆむ「分校はイヤです。先輩も行ってるので、中央支援学校がいいです」
M先生「あゆむさん、N先輩のこと慕っていたもんね」
特別支援学校の方向性は見えていたものの、どの学校にするか決めるのはもう少し先だと思っていた。あゆむがこんなにはっきり意志表示するとは、少々想定外。親としてはM先生から話題に出た、中央支援学校の分校も選択肢のひとつと考えていた。中央支援学校の分校は、職業訓練を厳しく行うことを売りにしており、学校見学での応対も、父母への挨拶、廊下の歩き方、先生の返事など、どれをとってもよく訓練されている印象をうけた。また、その厳しくしつけられている雰囲気そのものが、あゆむをして「ここはイヤだ」と明言させた理由にもなっている。
まあ、本人の意向優先でいいかな。
就職に関することは、もう少し先にまた考えましょう。障害児については、将来の先の先まで考えて、できるだけ早めにしっかりした企業への就職を希望する家庭もあるのだが、広岡家はもう少しゆっくり目のスタンスで考えることになりそうです。

親亡き後の自立

それは五月最後の日曜の昼下がりのことだった。

「お年寄りのお世話かなあ。デイサービスとか」とあゆむが言った。心がざわつく。

「介護の仕事ってこと？」

「うん。あとね、赤ちゃんのお世話とか」

「保育園で働くってこと？」

「うん」

妻が会話に加わってくる。

「ママもわかる。あゆ、人のお世話するの合ってると思うよ」

「うん、ひとの役に立つことしたいんだよね」


中学三年生になり、あゆむの進路指導が本格化してきた。さらに高校の三年間を終えると、社会人だ。健常者もそうだが、とりわけ新卒が優遇される障害者雇用においては、一八歳の春にあゆむは大きな選択を迫られることになる。

厚生労働省によると、一八～六五歳の知的障害者の総数（在宅）が約四〇万人。そのうち民間企業などに雇用されているのは一〇万人。身辺自立がしっかりしていて、日常的な会話に問題がないあゆむは、十分にこの層をねらえる状況だ。この民間企業など就職組のうち、もっとも優秀な層が、一部上場企業が運営する特例子会社に就職していく。

障害基礎年金が月六万円、民間企業の障害者枠の給料が仮に一四万円とすると、月収二〇万円を稼ぐことになる。親からの金銭的支援を期待せずとも、十分に自立できるレベルといえる。例えば地域のグループホームに入居した場合、家賃と夕食を含めたいわゆる利用料は月に一〇万円程度だから、親元を離れてもやっていけるということになる。知的障害児の親が心配する「親亡き後の生活」も、一定のメドが立つと言っていい。

知的障害者に割り振られる仕事は、単純作業の繰り返しが多いと言われる。そのため養護学校などでの実習も、挨拶ができるか、時間が守れるか、上司からの指示をしっかりこなせるか等、職場での即戦力を育成していく方向で指導が行われていく。こういった環境に適応できるかどうかが問われるわけだが、知的障害者が親元を離れて自立した生活を送ることができるのだから、これはすごいことだと思う。

まあ、そんなことが頭の片隅にあっての、冒頭の会話である。遙か遠い将来の夢物語としての「一人暮らし」ではなく、高校選びからの地続きの就職先選択とセットの「自律した暮らし」だ。

毎日ゲーム機の画面ばかり覗いていて、将来の夢はYouTuberのあゆむに、正直期待もせずに投げかけた言葉だった。「どんな仕事に就きたいのか?」と。

どんな答えが返ってきても、「勉強頑張らないとだめだよ」「朝ちゃんと起きられないと、会社クビになるよ」「パパとママの言うこと、あんまり聞かないと大変だよ」とお小言が続くはずだった。

「お年寄りのお世話」？　「ひとの役に立ちたい」？

はたして一五歳の自分が、将来の職業についてそんな会話が親とできたろうか。

あゆむの言葉に心が揺さぶられ、「役に立ちたい」のくだりでは、不覚にも目頭が熱くなった。

ダウン症のあゆむが、地域で暮らし、そこから老人福祉施設に通って介護の仕事をこなす。年金と合わせれば、一人暮らしに十分な収入を得て、家賃はもちろん携帯の料金も自分で支払う。仕事を終えて、週に二回は地域のダンスサークルで汗を流す。週末は友人と大好きなYouTuberのコンサートにも出かけるんだろう。そうすると実家には寄りつかなくなるんだろうか。

なんだかすごいな、と思う。

きっと楽しいだろうな、とも思う。

人生の主役は、親ではなく、あゆむだ。

恋人もできるんだろうか。一緒に暮らしたくなったりするんだろうか。もちろん親にも相談してくると思うけれど、それもこれも、決めるのはあゆむだ。

全力で応援しようと思う。

ああ、いろいろなことを決めていく、そんな人生のステージに、もうすぐあゆむが立つのだなと思う。

ずいぶん力も付けてきたから、多少の失敗や、あやまちは何とでもなる気がする。たくさんの人が彼の選択を見守り、彼の人生を応援してくれる、そんな気がする。

あと五年。あと五年で、あゆむは成人を迎える。

万雷の拍手の中、歩行器につかまって、保育園の園庭を一周してみせたよちよち歩きのあゆむは、仕事をこなす社会人になる。

とうちゃん飲み過ぎ！　しっかりしてよ（笑）

「今年も一年お世話になりました。良いお年を」と職場を後に、途中川崎駅でドーナッツを箱買いして、溝の口のダンス教室に向かう。あゆむの通うダンスラボラトリーが今年最後のレッスンで、差し入れを持って講師陣、お母さんたちにご挨拶に向かう。仕事も今日で終わりだし、レッスン終了後は講師の先生たちと忘年会かな。

レッスンを終えた子どもたちが、来年の干支のネズミや雪だるまのドーナツをほおばる。「あゆパパ、ごちそうさまぁ」「あゆパパ、来年もよろしくね」「良いお年を」「良いお年を、年明けは九日からレッスンだよ」なんて挨拶を交わしながら、二〇一九年が暮れていく。

駅前の中華料理屋では、ダンスの講師陣と生徒達、親御さん、それに楽曲を提供してくれている作曲家も参加して、乾～杯！

踊るとワクワクする、2019 年 7 月

「二〇一九年はダンラボの可能性が大きく広がった年」と誰かが口火を切ると、「まだまだレベルアップする」と楽曲を提供してくれている作曲家が応える。なにしろNECレッドロケッツ（女子バレートップリーグ）のハーフタイムショーから始まり、二子玉ライズやラゾーナ川崎のオリンピック一年前イベント出演、さらには地元川崎・世田谷を巻き込んだ一〇〇〇人動画の製作&公開、東京国際フォーラムの日テレ主催イベント、年末には新国立競技場サブトラックのこけら落としイベント出演、と本当に息つく暇もないくらい、駆け抜けてきた一年だった。オリパラ特需といえばそれまでだが、障害者と健常者の混成チームのダンラボは、地元川崎に限らずさまざまなイベントで活動の幅を広げており、あゆむたちは本当にたくさんのチャンスをいただいてきた。

自分も一時期はおやじダンサーとして、彼らと一緒に舞台に登りパフォーマンスを披露し、最近ではちょっとかじったプロモーション関連の経験を活かして、ダンラボの広報マンとして裏方で働いている。先日も、写真が大きく入った五段抜きの記事が読売新聞に載り、年明けには地上波のTV取材も控えている。

あゆむは記者からの質問にこう応えている。

「**踊るとワクワクする。体に障害があってもこんなにできるということをみんなに見せたい**」。

そういえば秋にあった駒大スポーツフェスのステージで、ヒップホップダンスのソロパートを踊り終え、思わず「**きもちいいー!!**」って叫んでいたあゆむの姿が思い出される。あれだけ踊れれば、確かに気分も良かろうさね。

体も心も、もちろんダンスの技術も、確実に成長していると思う。中学に上がるころ、夜のリビングでひとり、**「とうちゃん、オレ、どうして「障害」なのかなぁ、もうイヤだよ」**とつぶやいていたあゆむの姿が脳裏に浮かぶ。すぐに応えられずに、「そうなんだ、イヤなんだね。あゆは何がイヤなの？」なんて、ちょっとだけずらして会話を続けることしかできなかった。それだけあゆむの表情は真剣だったし、「障害」にきちんと向き合っていることが伝わってきた。


「えー、もうなくなっちゃったの？　あたしまだ一つも食べてない〜」と、講師のレイナ先生。あゆむの皿を見ると、なんと餃子が三つものっている。「あゆ、欲張りすぎ〜」「すいません…。これレイナ先生食べてください」「うん、いいよ。先生、このエビシュウマイ頼んじゃうから」。

大好物の餃子だけに、家でのおかずの奪い合いの癖で、つい手が出てしまったのだ。本人もかなり恥ずかしそうにしているけれど、大勢で食卓を囲むときのルールも、少しずつ身につけないとね。それでも前菜の盛り合わせなんかは、ちゃんとみんなの分を取り分けていたりして、お隣のマンティス先生からは「わりと縦社会のことも、あゆは分かってるよな」とほめられている。そんなちょっぴりチグハグな感じも、あゆむの場合は「味」になっていて、まわりも受け入れてくれている。

親としてはどうしてもできないことに目がいく。正確に時計が読めない、お釣りの計算ができない、鼻水が拭けない、階段を下りるのが苦手で時間がかかる、会話の中に突然空想が混ざる、物へのこだわりが強すぎる、そのくせ忘れ物をする、などなど。でも一方で、ひとりで電車に乗って出かけることができる、頼まれたお手伝いはきちんとこなす、兄弟喧嘩はしても絶対に手は出さない、自分の意見をきちんと伝えられるなど成長したなと感じる場面も多い。

そういえば入学願書をもらいに高校に行ったときのこと。提出書類に、「**広岡歩睦**」と自筆で縦書きする姿が妙にまぶしかった。あゆむが産まれた二〇〇四年は湾岸戦争のさなかで、この子には世界中の人々と仲良くしてほしい、そんな架け橋になってもらいたいという願いを込めて「睦」の字を付けた。でも知的障害であることが分かって、もっと簡単な字にしておけばよかったと後悔したものだ。保育園時代はもちろん、小学校に上がっても、あゆむは自分の名前を正しく漢字で書くことはできなかった。だって、二一画ですもの。そんなことがあったから、大切な書類に漢字で正確に記載された「歩睦」の文字が、なんだか嬉しかった。

「あゆはさ、彼女がいるからさ、しょうがいないんだけど……」。ちょっと年上のお姉さん、Mちゃんが焼きそばに箸を延ばしながら、話している。Mちゃんとあゆむは本当に仲がいい。先ほどの教室でも、二人でドーナツをほおばりながら、Mちゃんのスマホをのぞき込んでなにやら楽しそうにしていた。

中学に上がって、あゆむは人間関係の幅を広げた。ダンラボのレッスンに足繁く通っているのも、Mちゃんをはじめたくさんの仲間がいて、大好きな先生と会えるのが大きい。地元の中学校では卓球部に誘ってくれたRくんや、サポート級の「相棒」Sくん、高校選びの決め手になった先輩のNさんなど、日常会話に登場する大切な人が何人もいる。

小さな頃にお世話になった、保育園、小学校では、あゆむを温かく迎え、サポートをしてくれる大人や同級生にたくさん出会ってきた。それらの人々に感謝をすると同時に、こらから先もずっと何かをして貰う存在としてこの子は生きていくのだろうかと複雑な思いを抱えてきた。よくダウン症児は「天使」にたとえられる。無邪気な笑顔と、人懐っこい性格でそう言われるのだけれど、大人になってまで「天使」はないだろうと思う。だから、あゆむがお世話になる場所ではいつも「自分で決めて、仲間と一緒に何かをやり遂げる、そんな経験をさせたいと思います。多少の失敗はどんどん積ませてください」とお願いもしてきた。お客さんでいる間は、人生を自分で決めることなどできないのだから、主体的に進んでほしいと願ってきた。でも一方、なかなか特定の友達もできず、いつもひとりぼっち放課後を過ごすあゆむの姿を見て、「ああ、障害児はやっぱり無理なのかな」とあきらめそうになることもあった。

いまのあゆむには、友達が、「相棒」が、仲間がいる。気にかけてくれる先輩がいて、慕ってくる後輩がいる。打ち込めるダンスがあって、あこがれのチームがある。気になる女の子もいる。ああ、こいつはもう大丈夫だな。そう思う。何が大丈夫なのかと問われると、きちんと説明できないけれど、きっと自分の人生を生きていけると思う。そんな力をもう、あゆむは身につけつつあると思う。

「そろそろ行こうよ。あんまり遅くなるとママが怒るからさ」。そんなあゆむの一言で、二〇一九年の忘年会はお開きになった。

JR南武線の駅に降りた。しこたま飲んだので、ホームを歩く足下がおぼつかない。それにしてもいい年の瀬だ。あゆむと一緒に歩く。これからも一緒に歩く。

「あー、よく飲んだねぇ」とあゆ。

「何言ってんの、あゆはコーラでしょ」

「うん、コーラよく飲んだよ。とうちゃんも飲み過ぎ（笑）。しっかり！」

あゆむはいま、ダンラボの選抜チーム、レイベルに加入できる日を心待ちにしている。練習量は格段に増えるし、レッスンの厳しさも段違いだけれど、衣装も振り付けもすっごくかっこよくて、キレキレなのだ。レイベルだけに提供されている楽曲もあって、レイベルだけが出演できるイベントがあり、レイベルだけのプロモーションビデオもある。

自分としては、ダンスに正面から向き合うあゆむの姿を見たいし、もしかなうことなら、レイベルとは別に二人だけの親子ユニットも組んで舞台に立ってみたい。衣装をそろえて、おそろいの帽子なんかかぶって、曲にあわせてシンクロさせながら体を揺らす。ちょっとサイファっぽく、ダンスバトル風の演出で、お互いに技を繰り出すのもかっこいい。溝の口駅にあるガラス張りの通路で、夜中に五〇がらみのおっさんが、高校生の息子とヒップホップの練習に打ち込む姿なんて、かっこ悪いかしら？

「あと五年だねぇ、おれがビール飲めるのは。あと五年だよ、とうちゃん」。

五年後、二〇歳になったあゆむと二人で飲みにいく店は、そういえばまだ決めていない。

何飲む？　ホームで　2018年

優生思想と障害者同士の結婚・出産

「オレ、結婚することにした。相手は父ちゃんも知っている○○ちゃんで、○○ちゃんのお父さん・お母さんにはもう挨拶してきた……」

なんてあゆが言い出すのは、もうそれほど遠くない未来のことだと思う。そのとき自分はなんと応えるのだろう。しっかり受け止めて、祝福の言葉をかけられるだろうか。「一緒に暮らすのはいいけれど、生活費はどうするんだ？　身の回りのことはちゃんとふたりでできるんだろうな？　もしも子どもができたら……」なんて、心配している振りをしながら、遠回しに反対してしまうんではないだろうか。だって、産まれてくる子どもは、きっと障害児だから……。

知的障害者同士の恋愛は、実はそれほど珍しいことではない。彼らが異性と出会う場面は、学校や職場、地域活動などいくらでもあるし、とりわけ人懐っこくて情の深いダウン症児者は、くっついたり離れたりが頻繁におこる。

しかしそうしたカップルが結婚まで至るかというと、厳しい現実がある。結婚している六五歳未満の障害者の比率は、身体障害者が五九・七パーセント、精神障害者が二五・四パーセント、知的障害者が五・一パーセント（厚労省二〇一一年）と大きな開きがある。本人たちが結婚を望んでも、多くの家族が将来を心配して賛成せず、二人だけで子育てをするにも社会や周囲の支援が少ない。さらに、ダウン症の男女ともに生殖能力はあるものの受精率は低く、産まれてきたとしても、子どもは障害を持つ可能性が高い。

二人が責任をとれる範囲での結婚、そして出産、子育て。自己責任論が幅を利かせる現代の日本社会では、能力的に劣っているとみなされる彼らに対し、世間の目はなかなかに厳しい。福祉の制度に守られ、公的な支援を得て生きている彼らだから、控えめにひっそりと暮らす「障害者」の枠をひとたびはずれると、様々な場面で壁にぶつかる。いつもは目にすることがない、「優生思想」という亡霊の壁がたちはだかる。

社会で暮らすうえで、一人ひとりに求められる責任とは何だろう。ＡＬＳ（筋萎縮性側索硬化症）患者で、二〇一九年当選の参議院議員、舩後靖彦さんは四一歳で発症した当時を振り返り「死にたいと思い続けた」と言う。「働き盛りに発症し、全介助の生活を受け入れられず、『内なる優生思想』が『死にたい』願望にすり替わっていった」という。重い障害をおい、生きる価値のない自分は、もう死ぬほかないのかと考え「死にたいと思い続けた」のだそうだ。

ここ数年、障害者の「命」が話題になる事件が続いた。二〇一六年相模原の障害者入所施設やまゆり園でおきた「障害者殺傷事件」、二〇二〇年京都でおきた「ＡＬＳ患者医師嘱託殺人事件」。どちらもメディアで大きく取り上げられ、加害者の人間性や生い立ち、思想的背景にまで光が当たり、同時に日本社会にもある優生思想の影響についても議論がなされた。

相模原障害者殺傷事件では、あまりにも凄惨な殺害手法と、「社会のためにやらなければならなかった」という加害者の常軌を逸した言葉に、何とも言えない不快な感覚に襲われ、しばらくは目も耳も閉ざしていたように思う。加害者の言う「生きる価値のない命」は、ナチス支配下のドイツで一九三九年から行われた、障害者の大量虐殺（Ｔ４作戦）の記録にも登場するフレーズである。

「生きる価値のない命」なんとも不遜で、禍々しい響きである。命を選べなんて、そんなことできるわけないじゃないか、と叫びたくなるけれど、どうしても選別が必要な場面はこないと言えるだろうか。

助かるべき命、助けるべき命、まだまだ生きられる命、寿命がつきかけている命、生命力の強い命、生きる力の弱い命、社会のためになる命、支援を得なければならない命……。

いやいやそもそも命の選別をしなければならないという状況設定自体がおかしくて、そうならないため、なるべく多くの命が助かり長らえるように、社会は発展し、科学や医療は進歩してきたのではなかったか。

でも本当にそうだろうか？　私たちの生きる現代社会の中に、例えば「進歩主義」「実績主義」「効率主義」「科学主義」という考え方そのものの中に、「優秀なことはいいことだ。人生は何かを成し遂げるためにある。社会は常に進歩を求めており、それに貢献できる人材こそ必要なのだ」という価値が含まれてはいないだろうか。

現代の競争社会では、結果を求めて努力をすることは賞賛こそされ、疑問視されることはない。頑張って手にした結果は、その人の評価に繋がり、豊かな生活やより高い社会ステータスに直結している。だから逆に、努力が継続しなかったり、貧しかったり、社会的なハンディを負っていたりする人には、生きる姿勢や人生そのものに疑いの眼差しを向けられてしまう。そして、そういった競争社会の対象からそもそもこぼれ落ちている、障害者や福祉支援の対象の人々に対し、世間の目は厳しい。支援の対象としておかれる人々を、社会の側はどうしても軽く、一段低いものとしてあつかっている。そうした考え方が行き着く先が、「生きる価値のない命」なのだと。「障害者が子どもを産むなんて！　責任取れるんですか！」と。言い過ぎだろうか？

もう一度、ALSの参議院議員、舩後さんに登場して貰おう。できないことがだんだん増え、全介助で生きるということがどうしても受け入れられず、発症後二年の間「死にたい、死にたい」と思っていた舩後さんは、患者同士のピアサポートに出会い転機を迎える。「自分の経験が他の患者さんの役に立つことを知り、僕にもやれることがある、まだ死ねないという気持ちが噴水のようにわき上がってきた。人工呼吸器をつけて生きようと決めた瞬間でした」。

人は誰しも、生きて行くのに、何らかの支援を必要としている。それぞれの人生は、そこに居ること、ただそれだけで意味がある。そして他の誰かと積極的に関わり、他の誰かの支えになれるのならば、人生は輝きを増していく。

あゆからの冒頭の言葉に戻ろう。

いろいろ考えなければいけないことは多いけれど、第一声は絶対にこうだ「おめでとう。幸せにね。今度ママと四人で食事に行こう。パパもママも、君たちのことを精一杯応援するよ」。

ふたりがそれぞれの人生に向き合って、そして大切なパートナーを見つけた。それぞれが育ってきたような、楽しい家庭を作り、そして子育てをしたいと思った。ふたりで手を取り合って歩んでいこうと決めた。うん、やっぱり嬉しいな。ステキなことだと思う。

障害を持つふたりが一緒に暮らすのだから、たくさんの障壁があって当たり前だ。ふたりがどれだけ好き同士で、信頼し合っていたって、上手に暮らせるとは限らない。双方の親の干渉はもちろんのこと、支援者を入れての生活が安定軌道に乗るまでにはかなりの時間がかかる。それぞれの仕事のことや、金銭的な取り決め、日常生活の細々とした役割分担と、話し合わなければならないことがたくさんある。ご近所と上手くやらなければならないし、社会的な責任だって出てくる。喧嘩することも、気持ちが離れてしまうことだってあるだろう。

そうしたたくさんのあれこれを乗り越えて、それでも子どもができる可能性はきっと低いだろう。でももしかして、ダウン症カップルの間に子どもを授かることがあったら……。六〇歳近くなって、また赤ん坊の面倒を見る？　いやいやメインは若い二人がやってくれる。

もちろん、お呼びが掛かれば喜んでお手伝いに伺います。チョット楽しみなような、怖いような……。

おわりに

あゆむの高校生活はコロナとともに始まった。入学式こそ講堂で行われたものの、すぐに授業が始まる気配はなく、緊急事態宣言が解除される五月末まで、春休みと合わせて約三か月の長期休暇となった。ダンス教室も絵画教室も閉鎖され、自宅に閉じこもらざるを得なくなった。

自分は四月から役所のコロナ対策班に組み込まれ、マスクと患者搬送手配に奔走し多忙を極めた一方、妻は早々に自宅勤務に切り替え、在宅での執務環境を整えた。

高校入学式、2020 年 4 月

収入面での心配はなく、家庭にも大人の目があって、食事の不自由もなかったことを考えると、コロナ禍におけるわが家の環境はかなり恵まれていたと言える。実際この数か月間、子どもたちに生活サイクルの乱れはほぼ無く、早朝ランニング・早朝散歩でかえって早起きのほうが習慣化した。勉強は残念ながらほとんど進まなかったものの、何週間かおきに大きな本屋に出かけ、読みたい本や雑誌を大量に買い込むなど、制約の多い非日常を割と楽しんでいたように思う。

人間は制約が多ければ多いほど工夫をする。コロナ禍においては、家族という単位を基礎にして、外的な環境変化に柔軟に対応しつつ、どうにかして生活の質を落とさないようさまざまな試行錯誤がなされていたように思う。

わが家ではまず、自分や妻の外食が減った。年度の切り替わりは歓送迎会や退職祝いなど、多くの会食が企画されるが、そのすべてが中止に追い込まれ、そのため家庭で食事する機会、それも全員がそろって食卓を囲む機会が増えた。また、せっかく全員がそろうのだし、どうせ外に出られないのだからと、食材にかける予算が増えた。さらにもう一ひねり、なんとか非日常感を演出しようと、ベランダの活用にも踏み切った。いわゆるベランピング（ベランダキャンピング）である。

春の穏やかな気候もあって、昼食はベランダで取ることが増えたが、ここで活躍したのはキャンプ用品である。さすがに煮炊きまではしなかったものの、キャンピングテーブルやキャンピングチェアなど、即席のテラス席の趣で、大人も子どもも気分が盛り上がった。

また、地域における大きな発見があった。多摩川の存在である。

徒歩一〇分のところにある河川敷は、川崎の地に居を定めて二〇年、イベントで足を向けることはあっても、日常生活ではそれほど関わりを持つことなく過ごしてきた。また、汚い、危険というイメージがあって、子どもたちにはなるべく近づかないようにと言ってきた。

しかしこのコロナ禍のおり、外出も制限されている中では、どうしても近場の地域資源に目が向く。近所で、できるだけ人の集まらない場所でおもいっきり遊ばせたい（いや、自分が遊びたい）、と思ったところ、すぐそばにすばらしい環境があった。それが多摩川である。

こんなに大きな河川敷があって、豊かな水資源があって、たくさんの生き物がいて、自由に遊ぶことができる場所。ご近所の子どもたちも誘って、何度も何度も河原に足を向けた。

一番夢中になったのは、「多摩川に橋を架けよう！　プロジェクト」。ようは河川敷に転がっている大きな石ころを川に沈め、徐々に足場を伸ばして東京側までつなげてしまおうという試みである。護岸を離れれば離れるほど水深は深くなるため、必要な石はだんだんと巨大化していき、はてはリヤカーを河原に運び込んで、大人も加わった一大プロジェクトとなった。結果は五メートル程度の桟橋ができたところで力つき、数日かけた工事は幕を閉じたのである。ただそのとき川の相当深い部分まで足を踏み入れたことで、「実は東京側まで歩いて渡れるのでは？」という気づきがあり、その日いたメンバーでトライしてみると、難なく完遂。一級河川を徒歩で渡る、という別プロジェクトをやり遂げたのである。

一方で、家に居る時間が長くなると、どうしても喧嘩が増える。

子どもたちの間で、相手の話すことをオウム返しに追いかける遊びが流行っていて、やってるほうは楽しいのだが、やられる側はイライラしてくる。例えばこんな風だ。

「ちょっとそのお醤油取ってくんない？」

「ちょっとそのお醤油取ってくんない？」

「ありがとう」

「ありがとう」

「なんでマネすんだよ！」

「なんでマネすんだよ！」（以下続く）

これをやられると、いつまでもいつまでも言葉が追いかけてくるような気がしてくる。「マネすんな！」と言っても、その言葉も真似されるのだから始末におえない。しまいには手が出てしまったり、だんまりを決め込むしかなくなる。先日もこの真似っこオウム返しをあゆが仕掛け、された七海が怒りだして、しまいには足が出ていた。何度もキックを繰り返す七海に、ごめんごめんと言いながら、やり過ごすあゆ。かなり良いキックが入っていたけれど、あゆがやり返すことは一度もなかった。そう、ふざけることはあっても、喧嘩の最中でも、あゆが七海に手を出すことはない。そういう意味では平和主義者なんだな。

そういえば先日こんなこともあった。

夕食時に炊事をめぐって、些細なことで妻と喧嘩になった。食事の用意を済まし、あとは食べるだけのタイミングで、食器洗いのやり方について口論になり、それが平行線のまま「食事はもういらないから、どうぞご勝手に！」ということになった。お互いに引けずに、妻が流しに陣取り、自分は子ども部屋に引き下がって距離を取った。子ども部屋に来てみても、どうにも怒りが収まらず、長期戦の構えとなった。

と、そこにひょっこりあゆむが顔を出す。子ども部屋の扉を開けて入ってきたあゆは、「父ちゃん、大丈夫？」とこちらの様子を探る。

「なんかさあ、怒ってたからさあ、オレ心配なんだよ」とそばに寄ってきて、肩に手をのせて顔を覗き込んできた。

「うーん、別に何でもないよ」と、とりあえず返す。

「なんでもなくないでしょ、怒ってるでしょ。オレはさぁ、父ちゃんのこと好きだからさぁ……」

（あゆはこっちの味方をしてくれるのかな？）

「どう、大丈夫？」

「う、うん。（心配させちゃったな。少し反省）」

「せっかくご飯だからさ、一緒に行こうよ」

「そうね（意固地になるのも、大人げないか）」

「ねっ、行こうよ、ご飯」

「そうだね、行こっか（あゆも味方についてくれるわけだし）」

と、二人で子ども部屋を出た。

リビングに戻ると、妻は先ほどと同じ様子で流しの前にいた。ふと後ろを振り返ると、廊下であゆが手を振っている。

（あれぇ、あゆは一緒に来てくれないの!?　一人で行けってこと？）と驚いていると、小声でこんな言葉が飛んできた。

「父ちゃん、あやまっちゃいな」

結局そのあと、こちらが謝って、事なきを得た。

あゆは味方に付いてくれたわけでも、仲裁に入ってくれたわけでもなく、ちょっとだけ寄り添って、背中を押してくれただけだった。それだけのことだったけれど、その後の食卓でも、なんだかひょうきんなことを言って座を和ましてくれて、さっきの険悪なムードはどこへやら、すっかりいつもの雰囲気に戻っていた。

あゆむは他人の感情の起伏を読み取ることが上手い。しかも怒りや悲しみにきちんと寄り添ってくれて、喧嘩中のささくれ立った気持ちにもそっと手を伸ばしてくる。そして今回は、絶妙のタイミングで背中も押してくれた。

　自分の子ども時代、何度も両親の喧嘩の場面に立ち会ったけれど、こんなに上手に怒りの感情を回収した記憶はない。夫婦げんかがヒートアップし始めると、激情の嵐が通り過ぎるのをじっと身を縮めて待つしかなかった。

　こんな風にギスギスした関係を修復してくれるのが、ダウン症児の持つ人懐っこさによるものなのか、あゆむの性格によるものなのかはわからない。わからないけれど、なんだか一緒に暮らしていると助けられたり、ほっとしたりすることがあって、それは一度や二度ではない。

　いい奴だなと思うし、しっかり成長しているな、とも思う。

　誰かパートナーが見つかったら、きっとうまくやっていくんだろうなとも思う。


　そうそうコロナ禍では、もうひとつ新たな収穫があった。

　あゆむが本格的に自転車の練習に取り組み始めたのだ。

　ちょっとポップでおしゃれなデザインのヨツバサイクルの自転車を購入して、はじめはペダルを外した状態で足でけってバランスを取りながら進む練習からスタート。一か月ほどして自信をつけた本人が「ペダルを付けよっかなあ」と言い出し、現在は支えがなくても五メートルほど進むことができるようになった。

　発進する時のけりだす力が少し弱いこと、足元を気にしすぎて前方に意識がいかずバランスを崩してしまうこと、慌てるとブレーキをかけることを忘れてしまい足で止まろうとすることなど、まだまだ改善点が多いのだが、ここまで来れば、自力で乗りこなせるようになる日も近いだろう。移動の幅が、また一つ広がることになる。

一六歳ではじめて補助輪なしの自転車に挑戦し、後ろからの支えを外して進むことができたとき、「**おっー！！できた、できたぁ！**」と、それはそれは嬉しそうに吠えた。

自転車練習における成長は、単に技術の習得にとどまらない。はじめは他人の支えを借りながらも、自分なりの体の使い方を体得し、スピードやけがの恐怖を乗り越えた先につかみ取るのは、「できた！」という自信と、大きく広がる移動の自由だ。親の手を離れ、危なっかしいハンドルさばきで漕ぎ出していく様が、そしてその様子を心配しつつも親は見守るしかない状態に置かれることが、自転車って、なんだか子育ちに似ている。

ダンラボのレイナ先生は言う。「みんなのダンスを見て、何かを感じ取ってくれる人が必ずいる。誰だって、誰かのヒーローになれるんだから」と。

あゆむが自転車で走っている姿を見て、その誰かはまた、勇気を出して自転車の練習をはじめるだろうか。

一六歳のあゆむは、自分の人生を自分の足で歩みだしている。

「誰だって、誰かのヒーローになれる」。

ママ
15:56
ママ
あゆ帰ってきたよ！
15:56
既読 3
16:19
あゆ、お帰りなさい！

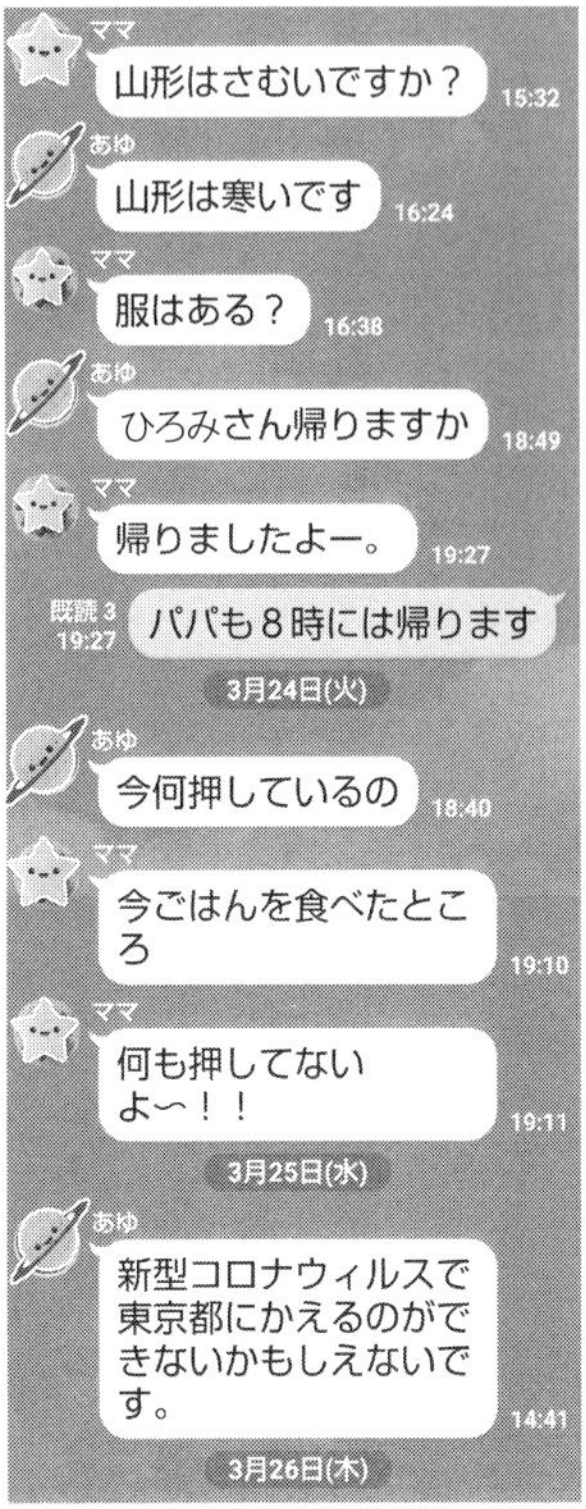
ママ
山形はさむいですか？
15:32
あゆ
山形は寒いです
16:24
ママ
服はある？
16:38
あゆ
ひろみさん帰りますか
18:49
ママ
帰りましたよー。
19:27
既読 3
19:27
パパも8時には帰ります
3月24日(火)
あゆ
今何押しているの
18:40
ママ
今ごはんを食べたところ
19:10
ママ
何も押してないよ〜！！
19:11
3月25日(水)
あゆ
新型コロナウィルスで東京都にかえるのができないかもしえないです。
14:41
3月26日(木)

3月末に、あゆが一人で山形のおばあちゃんの家に行ったときのやり取りです。緊急事態宣言が出て、東京に帰れないかもと、本人は心配したようです。 2020年3月ラインより

†お世話になった方々へ

これまでお世話になった保育園、小中高、ダンス、絵画教室、地域の商店街、マンションやパパ友やママ友、あゆの成長を見守ってくださったみなさんに感謝です。そして妻をはじめ家族に、ありがとう、これからもよろしくね。

この本は、言叢社を紹介してくださった市役所の先輩でもある大矢野修さん、出版社・編集の島亨さん、五十嵐芳子さんの存在なくして形にはなりませんでした。

ありがとうございます。